Os urubus sem penas

Os *urubus sem penas*
JULIO RAMÓN RIBEYRO

Tradução de
Silvia Massimini Felix

© Moinhos, 2021.
© Herdeiros de Julio Ramón Ribeyro, 2021.

Edição: Camila Araujo & Nathan Matos
Assistente Editorial: Vitória Soares
Revisão: Ana Kércia Falconeri
Tradução: Silvia Massimini Felix
Capa: Sergio Ricardo
Projeto Gráfico e Diagramação: Luís Otávio Ferreira

Nesta edição, respeitou-se o Novo Acordo Ortográfico da Língua Portuguesa.
Dados Internacionais de Catalogação na Publicação (CIP) de acordo com ISBD

R485u
Ribeyro, Julio Ramón
Os urubus sem penas / Julio Ramón Ribeyro ;
traduzido por Silvia Massimini Felix. – Belo Horizonte : Moinhos, 2021.
112 p. ; 14cm x 21cm.
Inclui índice.
ISBN: 978-65-5681-090-4
1. Literatura brasileira. 2. Crônicas. I. Felix, Silvia Massimini. II. Título.
2021-3233   CDD 869.89928   CDU 821.134.3(81)-94
Elaborado por Odilio Hilario Moreira Junior - CRB-8/9949

Todos os direitos desta edição reservados à Editora Moinhos
www.editoramoinhos.com.br
contato@editoramoinhos.com.br
Facebook.com/EditoraMoinhos
Twitter.com/EditoraMoinhos
Instagram.com/EditoraMoinhos

7
Julio Ramón Ribeyro
A eloquência do mudo

17
Os urubus sem penas

31
Interior "L"

43
Mar afora

53
Enquanto a vela arde

61
Na delegacia

73
A teia de aranha

85
O primeiro passo

93
Reunião de credores

Julio Ramón Ribeyro
A eloquência do mudo

Em novembro de 1976, Julio Ramón Ribeyro anotou em seu diário: "Escritor discreto, tímido, laborioso, honesto, exemplar, marginal, intimista, organizado, lúcido: estes são alguns dos adjetivos atribuídos a mim pela crítica. Ninguém jamais me chamou de grande escritor. Porque seguramente não sou um grande escritor".

Talvez essa observação seja parte de um entendimento geral de outro adjetivo muito utilizado para referir-se ao escritor peruano: humilde. Àquela altura, aos 47 anos, entre livros de contos, romances e crônicas, o autor já tinha 13 livros publicados, alguns deles considerados clássicos de sua época, como este *Os urubus sem penas*, publicado agora pela primeira vez no Brasil.

Tido como o maior contista peruano e portanto o mais relevante da chamada "geração de 50"*, Julio Ramón Ribeyro é também um dos mais importantes escritores da América Latina. Mas foi na Europa — ou por causa dela — que sua vida tomou

---

* Marcada politicamente pelo golpe do general Manuel Odría em 1948 e das eleições de 1950, quando se autoelegeu Presidente da República e chegou-se ao auge de um movimento migratório do campo para a cidade que havia se iniciado na década anterior, resultando na formação de favelas e povoados jovens, na aparição dos sujeitos marginais e socialmente deslocados — tudo isso em meio a uma transformação do cenário urbano que foi desaguar na literatura.

rumos que também culminariam em sua obra. Em 1953, aos 24 anos, Ribeyro recebeu uma bolsa de estudos do Instituto de Cultura Hispânica para cursar jornalismo em Barcelona, para onde foi de navio nesse mesmo ano. Alguns anos antes já havia cursado Letras e Direito em seu país natal, além de ter publicado seu primeiro conto em 1949, mas a perspectiva de melhores possibilidades para a sua carreira de escritor fez com que ele não hesitasse diante da mudança.

Quando sua bolsa de estudos acabou — que, segundo ele próprio, "mal dava para os cigarros e outras coisas mais" — resolveu continuar pela Europa, dessa vez em Paris. Talvez ele ainda não soubesse, mas estava traçando não apenas seus caminhos iniciais, como também todo o seu destino: havia iniciado na Espanha no ano anterior uma vida errática pela Europa, que só se encerraria nos seus três últimos anos de vida, a partir de 1991, quando retornou em definitivo ao Peru. À época, afirmou que gostaria de sentir-se mais perto de seu país, desejava dedicar-se exclusivamente à sua paixão por escrever, e também queria ficar perto de sua família e visitar seus amigos.

Foi neste período no meio dos anos 50, na França, que escreveu Os *urubus sem penas*, no qual já se percebe com nitidez as marcas de toda a sua obra, segundo o próprio autor, "um clima de frustração, fracasso e desalento". Claro que seria impossível reduzir sua obra a três palavras e seus significados. Por certo Ribeyro buscou, em seus mais de quarenta anos de fazer literário, dar voz àqueles que não pertencem às classes dominantes, aos que ninguém ouve, aos esquecidos, aos que estão à margem, aos solitários. Sendo ele mesmo um amante da solidão e da boemia, confinou-se nos mais diversos lugares ao longo dos anos, refinando seu estilo. Era reconhecido por seus pares por ser um escritor que não se exibia nem fazia alarde de seus recursos, que escrevia em uma linguagem aparentemente simples, criando histórias de enorme complexidade humana, ambiguidade, riqueza e pela densidade do seu olhar.

Durante seu período na França, Ribeyro se dedicou à escrita com o prazer e a resignação com que se sobrevive a um vício sem remédio. Dizia: "Quando não estou em frente à minha máquina de escrever, fico entediado, não sei o que fazer. A vida me parece desperdiçada; o tempo, insuportável. Que o que eu faço tenha valor ou não, é secundário. O importante é que escrever é minha maneira de ser".

Abandonou os estudos em Paris, mas permaneceu pela Europa realizando trabalhos eventuais. Enquanto limpava o chão de banheiros fazia sua literatura de forma silenciosa, alternando sua estadia em Paris com breves períodos entre Alemanha — mesmo sem saber falar alemão — e Bélgica. Passou por inúmeras dificuldades na Espanha e na França, incluindo sua saúde, já afetada pelo vício do companheiro mais longevo que teve ao longo de sua vida, o cigarro.

Entre 1955 e 1956, residindo em Munique com uma bolsa de estudo, Ribeyro escreveu seu primeiro romance, *Crónica de San Gabriel*, que seria publicado em seu país em 1960 e ganharia o Premio Nacional de Novela daquele ano. Até meados de 1958, Rybeiro continuaria seus périplos entre Paris, Alemanha e Bélgica. Durante esse período teve que realizar muitos trabalhos para sobreviver, como reciclador de jornais, porteiro, carregador de pacotes e vendedor de produtos impressos até regressar ao Peru ainda naquele ano.

Ribeyro se instalou em Paris em 1960 graças a uma bolsa do governo francês. Com a ajuda dos amigos escritores Mario Vargas Llosa, que já vivia na cidade havia alguns meses e a quem ele conheceu quando de seu retorno ao Peru, em 1958, e ao também escritor peruano Luis Loayza, conseguiu uma vaga na agência de notícias France-Presse, onde escrevia artigos e traduzia outros — e onde trabalhou por dez anos.

Estando na mesma cidade, Julio Ramón Ribeyro e Mario Vargas Llosa puderam estreitar laços. Frequentaram festas juntos, e liam as obras um do outro. Em seu livro de memórias *Peixe na água*, de 1993, Vargas Llosa relembra que Ribeyro, antes de conhecê-lo pessoalmente, era o mais estimado entre os narradores jovens. "Todos falávamos dele com respeito", afirmou. Naquele mesmo ano de 1993, Ribeyro declarou que conheceu Vargas Llosa na casa de uns amigos: "Ele tinha uma personalidade muito forte. Estava sempre muito seguro do que dizia e escrevia. Isso impressionava muito. Mas foi em Paris que o conheci melhor, fomos colegas na agência France-Presse".

A tendência política de ambos os escritores era conhecida nos círculos intelectuais, e em 1965 declararam abertamente seu apoio à luta armada do Movimento de Esquerda Revolucionária (MIR), dirigido por Luis de la Puente Uceda[*]: assinaram um manifesto com mais seis peruanos que se encontravam em Paris. O texto foi publicado na revista *Caretas*: "Aprovamos a luta armada iniciada pelo MIR, condenamos os interesses de uma imprensa que desvirtua o caráter nacionalista e reivindicativo das guerrilhas, censuramos a violenta repressão governamental e oferecemos nosso dever moral aos homens que neste momento entregam suas vidas para que todos os peruanos possam viver melhor".

Em março de 1966, Ribeyro comenta em uma carta: "(...) Mario é um tipo *hors de pair* (incomparável). Fico atordoado

---

[*] Ativista, político e guerrilheiro peruano que protestou contra a convivência e coalizão política entre seu partido, o APRA, e as forças conservadoras que sustentavam o segundo governo de Manuel Prado Ugarteche (1956-1962). Foi morto pelas forças governamentais em 1965.

com sua segurança, sua diligência, sua equanimidade, sua forma prática, realista, quase mecânica de viver. É um homem que sabe resolver seus problemas. Ele os soluciona com lucidez e sangue-frio. E o que é mais sério é que todos nós ignoramos tudo sobre ele. Ele só se dá a conhecer através de seus atos. Os preparativos de seus atos ou as razões que os determinam não são transparentes. Jamais faz uma confidência. Nunca o vemos desanimado por algo ou por alguém. Ele não vacila, escolhe sempre o infalível. Em sua vida não há 'tempos mortos', os que você e eu ou tantos outros perdemos às vezes sentados em um café, pensando em coisas sem importância. Aquilo que ele concebe, ele realiza. Entre uma coisa e outra não se interpõe uma fase de incerteza, de desconfiança, de preguiça, que a muitos às vezes neutraliza e afoga nossos melhores propósitos. Talvez por isso ele passe uma impressão de 'desumanidade'. Talvez por isso ele tenha muitos admiradores, mas pouquíssimos amigos. Talvez essa seja a condição inata do autêntico criador: a do homem que está por cima dos nossos pequenos sentimentos e nos sobrevoa, instalado em seu próprio Olimpo".

Sabe-se que Ribeyro conheceu Velasco Alvarado[*] em Paris, em 1963, cinco anos antes de ele dar um golpe de Estado que o levou ao poder. E foi graças a essa amizade com o presidente da República que ele ingressou na diplomacia como adido cultural da embaixada peruana na França, em 1970 e, em 1972, foi nomeado representante do Peru na Unesco.

A amizade com Mario Vargas Llosa também prosseguia, num misto de admiração e repulsa. Em 4 de julho de 1971, depois de um almoço com a família de Vargas Llosa, anotou em seu diá-

---

[*] Militar e político peruano, que, quando chefe do Comando Conjunto das Forças Armadas, dirigiu e executou o golpe de estado de 3 de outubro de 1968, derrubando Fernando Belaúnde e exercendo o poder absoluto até 1975, durante o chamado Governo Revolucionário da Força Armada.

rio pessoal: "Um dos tantos encontros esporádicos desde que, nos últimos anos, Vargas Llosa subiu no carro da celebridade, por assim dizer. Comunicação difícil. Em Vargas Llosa há uma afabilidade, uma cordialidade fria, que estabelece de imediato (sempre tem sido assim, me dou conta cada vez mais) uma distância entre ele e seus interlocutores. Percebi dessa vez, além disso, uma tendência a impor sua voz, a escutar menos que antes e a interromper facilmente o desenvolvimento de uma conversa que poderia ir longe (...) Vargas Llosa passa a impressão de não duvidar de suas opiniões. Tudo o que se diz, para ele é óbvio. Ele possui ou acredita que possui a verdade. Não obstante, conversar com ele é quase sempre um prazer por causa da paixão e da ênfase que coloca ao fazê-lo e por sua tendência à hipérbole, o que torna seu discurso algo divertido e convincente".

A esta altura, Mario Vargas Llosa residia em Barcelona, e havia publicado seu terceiro romance, *Conversa no Catedral* — que, para Julio Ramón Ribeyro, parecia o menos bom dos três publicados até ali. Sendo os dois os escritores peruanos mais destacados de seu tempo, o que certamente havia entre ambos era algum tipo de questão egoica que nunca ficou exatamente clara ou resolvida. A amizade entre os dois é, até hoje, considerada muito complexa e eivada de mistério.

Foi na segunda metade dos anos 80, porém, que ela chegou ao fim. O presidente Alan García nomeou Ribeyro embaixador da Unesco, função que cumpriu até 1990, quando Alberto Fujimori chegou ao poder. Meses mais tarde, em abril de 1986, foi condecorado com a Orden del Sol, reconhecimento máximo do governo peruano. Em uma entrevista de 2002, Vargas Llosa relembrou: "Também me convidaram, mas suspeitei que algo aconteceria e não aceitei. Julio Ramón, quando se viu na armadilha, não teve outro remédio senão aceitar, muito a seu pesar, e teve que agradecer publicamente ao governo essa concessão". Semanas depois, Ribeyro visitou o chefe de Estado para agradecê-lo pelo reconhecimento.

Dois meses depois, em junho, aconteceu a matança dos presos do cárcere de Luringancho, El Frotón e Santa Bárbara. Vargas Llosa escreveu uma carta para Alan García imediatamente, que foi publicada no diário *El Comercio* com o título de "Uma montanha de cadáveres", em que assinala: "A maneira como foi feita a repressão a estes motins sugere mais um acerto de contas com o inimigo que uma operação cujo objetivo era restabelecer a ordem". Ribeyro, no entanto, optou pelo silêncio, e por isso foi criticado por intelectuais de diversas tendências.

No ano seguinte, em 1987, quando Vargas Llosa atuou decididamente contra a nacionalização do sistema bancário proposta pelo presidente da República, Ribeyro declarou à agência France-Presse: "Tenho uma velha e estreita amizade com Mario Vargas Llosa e o admiro muitíssimo como escritor. Por essa razão me envergonho por ter que discordar dele a propósito do debate sobre a nacionalização do crédito. (...) No debate atual, excede o motivo que o originou para transformá-lo em um confronto entre os partidários do status quo e os partidários da mudança. E neste debate, penso que a posição assumida por Vargas Llosa o identifica objetivamente com os setores conservadores do Peru e o deixa em oposição à irrupção irresistível das classes populares que lutam por seu bem-estar e que terminarão por impor seu próprio modelo social, mais justo e solidário, por mais que isso pese para os filhos da burguesia". Mario Vargas Llosa respondeu com ataques. Ribeyro ficou em silêncio.

O escritor Guillermo Niño de Guzmán afirma que, quando Julio Ramón Ribeyro estava morrendo, deu a ele as chaves do seu apartamento em Barranco, um dos bairros limenhos, pediu-lhe que colocasse seus diários em um local seguro e, quando ele foi organizar os manuscritos, encontrou nove versões de uma carta que ele havia começado a escrever em resposta a Vargas Llosa — uma carta que nunca chegou a concluir. Não pedia desculpas a Llosa em nenhuma das versões, apenas explicava por que estava de acordo com as medidas de Alan García.

Um mês antes de morrer, Julio Ramón Ribeyro recebeu um dos mais prestigiados prêmios para quem faz literatura na América Latina, o Prêmio Juan Rulfo (Rulfo, por sinal, chamava Ribeyro de mestre, e fez questão de conhecê-lo quando foi a Paris décadas antes), que, segundo o autor, melhorou sua autoestima, uma vez que sempre pensou muito pouco de si, porque mantivera um posicionamento pessimista por toda a vida. Na mesma fala, disse também que achava que a importância do prêmio era maior para a literatura peruana e da América Latina como um todo do que para ele próprio. Reconhecia, no entanto, a importância de que o prêmio fosse outorgado a um escritor majoritariamente de contos — seus três únicos romances foram escritos antes dos 35 anos de idade, e suas incursões em outros gêneros, como o aforismo e o teatro, que também têm fôlego dentro de sua obra, são em menor número.

Ribeyro, que havia sido operado de um câncer de pulmão em 1973 por conta de seu vício em cigarros — na maior parte de suas fotos encontradas na internet ele está sempre com um cigarro entre os dedos, passou por um longo tratamento, cujo milagre por permanecer vivo diante de um câncer tão agressivo atribuía a San Martín de Porres, de quem não era devoto por não ser religioso, mas cuja imagem levava para onde quer que fosse. Foi obrigado a passar cinco anos sem fumar. Não escreveu uma linha de ficção nesses cinco anos. Decidiu, então, que voltaria a fumar e cumpriria o seu desejo infantil: aos 12 anos, dizia que seu sonho era estar metido num escritório, a escrever. E foi o que fez pelos 21 anos seguintes até sua morte: havia ingressado no hospital no começo de outubro para tratar-se de uma infecção urinária quando os médicos descobriram um câncer avançado. Seu estado de saúde deteriorou-se rapidamente e ele morreu de pneumonia que, nas palavras de sua esposa, Alida Ribeyro, "o separou da vida" no dia 4 de dezembro de 1994, aos 65 anos. Em seu enterro, os amigos colocaram uma carteira de cigarros e uma garrafa de vinho dentro de seu caixão — os companheiros inseparáveis de uma vida.

"El flaco" — o magro, como ficou conhecido no Peru depois de seu tratamento contra o câncer em 1973, foi sobretudo um contista — e isso teve um preço, porque o auge da literatura latino-americana, o assim chamado "boom", deu-se através de um movimento de romancistas. O que o faz romper esse grupo e ter sua importância reconhecida até os dias de hoje é justamente a enorme singularidade de seus contos, do seu repertório distinto, que toca o leitor de forma potente e impressionante.

MARCO SEVERO

Os urubus sem penas

Às seis da manhã, a cidade se levanta na ponta dos pés e começa a dar seus primeiros passos. Uma névoa fina dissolve o perfil dos objetos e cria como uma atmosfera encantada. Parece que as pessoas que percorrem a cidade a essa hora são feitas de outra substância, que pertencem a uma espécie de vida fantasmagórica. As beatas se arrastam com dificuldade até desaparecer nos pórticos das igrejas. Os noctívagos, amaciados pela noite, voltam para casa enrolados em cachecóis e melancolia. Os lixeiros começam seu passeio sinistro pela avenida Pardo, munidos de vassouras e carrinhos. A essa hora se veem também operários indo em direção à parada do bonde, policiais bocejando encostados nas árvores, entregadores de jornal roxos de frio, empregadas pondo os latões de lixo para fora. A essa hora, por fim, como se chamados por uma ordem misteriosa, aparecem os urubus sem penas.

A essa hora, o velho *don* Santos põe sua perna de pau e, sentando-se no colchão, começa a berrar:

— Vamos levantar! Efraín, Enrique! Está na hora!

Os dois garotos correm para o córrego que passa pelo quintal esfregando os olhos remelentos. Com a tranquilidade da noite, a água se aquietou e em seu fundo transparente pode-se ver o mato crescendo e pequenas larvas deslizando ágeis. Depois de jogar água no rosto, cada um pega sua lata e os dois saem para a rua. *Don* Santos, enquanto isso, se aproxima do chiqueiro e com sua longa vara golpeia o lombo do porco, que se refestela entre os rebotalhos.

— Ainda falta um pouco, marrano! Mas pode esperar, que sua vez já vai chegar.

Efraín e Enrique se demoram no caminho, subindo nas árvores para pegar amoras ou recolhendo pedras, daquelas pontiagudas que cortam o ar e ferem pelas costas. Chegam ainda de madrugada a seu domínio, uma longa rua cheia de casas elegantes que desemboca no cais.

Eles não são os únicos. Em outros quintais, em outros subúrbios, alguém deu o sinal, e muitos se levantaram. Uns trazem latas, outros caixas de papelão, às vezes basta apenas um jornal velho. Sem se conhecerem, formam uma espécie de organização clandestina que se espalha por toda a cidade. Há aqueles que vagueiam pelos edifícios públicos, outros escolheram os parques ou lixões. Até os cachorros já têm seus hábitos, seus itinerários, sabiamente instruídos pela miséria.

Efraín e Enrique, depois de um breve descanso, começam o trabalho. Cada um escolhe um lado da calçada. Os latões de lixo estão alinhados diante das portas. É preciso esvaziá-los por completo e depois começar a exploração. Uma lixeira é sempre uma caixa de surpresas. Pode-se encontrar latas de sardinha, sapatos velhos, pedaços de pão, ratos mortos, algodões imundos. Para eles, só interessam as sobras de comida. Lá no chiqueiro, Pascual recebe qualquer coisa, mas prefere verduras um pouco decompostas. A pequena lata de cada um vai ficando cheia de tomates podres, pedaços de banha, molhos estranhos que não figuram em nenhum manual de cozinha. Não é raro, no entanto, fazer uma descoberta valiosa. Certo dia, Efraín encontrou uns suspensórios com os quais fez um estilingue.

Outra vez, uma pera quase boa que devorou na mesma hora. Enrique, ao contrário, tem sorte com caixinhas de remédio, frascos brilhantes, escovas de dentes usadas e outras coisas semelhantes, que ele coleciona com avidez.

Depois de uma rigorosa seleção, eles voltam o lixo para o latão e correm para o próximo. Não convém demorar muito porque o inimigo está sempre à espreita. Às vezes, são surpreendidos pelas empregadas e têm de fugir, deixando sua coleta espalhada. Porém, com mais frequência é o caminhão dos lixeiros que aparece, e então a jornada está perdida.

Quando o sol assoma sobre as colinas, a madrugada chega ao fim. A neblina se dissolveu, as beatas estão mergulhadas no êxtase, os noctívagos dormem, os entregadores já distribuíram os jornais, os operários sobem nos andaimes. A luz desvanece o mundo mágico da aurora. Os urubus sem penas regressaram a seu ninho.

Don Santos os esperava com o café pronto.

— Vamos ver, o que vocês trouxeram?

Fuçava entre as latas e, se a coleta fosse boa, fazia sempre o mesmo comentário:

— Hoje o Pascual vai se banquetear.

Mas na maioria das vezes trovejava:

— Idiotas! O que vocês fizeram hoje? Devem ter ficado brincando, é claro! O Pascual vai morrer de fome!

Os dois fugiam para o parreiral, com as orelhas ardendo dos tabefes, enquanto o velho se arrastava até o chiqueiro. Do fundo de seu reduto, o porco começava a grunhir. *Don* Santos lhe arremessava a comida.

— Meu pobre Pascual! Hoje você vai ficar com fome por causa desses ordinários. Eles não sabem cuidar de você como eu. Tenho que surrar esses dois para que aprendam.

No início do inverno, o porco tinha se convertido numa espécie de monstro insaciável. Tudo lhe parecia insuficiente, e *don* Santos culpava os netos pela fome do animal. Ele os obrigava a se levantar mais cedo, para invadir o terreno dos outros em busca de mais sobras de comida. Por último, obrigou-os a se dirigir ao lixão que ficava à beira-mar.

— Ali vocês vão encontrar mais coisas. Além disso, vai ser mais fácil porque o lixo fica todo junto.

Num domingo, Efraín e Enrique chegaram ao barranco. Os caminhões de lixo, seguindo por uma ruazinha de terra, descarregavam o lixo num declive de pedras. Visto do cais, o lixão formava uma espécie de escarpado escuro e fumegante, onde os urubus e os cachorros se deslocavam como formigas. De longe, os garotos atiraram pedras para espantar os inimigos. Um cachorro se afastou ganindo. Quando chegaram mais perto, sentiram um cheiro nauseante que lhes penetrou até os pulmões. Os pés deles se afundavam num monte de penas, excrementos, matérias decompostas ou queimadas. Enterrando as mãos, começaram a exploração. Às vezes, sob um jornal amarelado, descobriam uma carniça meio devorada. Nos escarpados próximos, os urubus espiavam impacientes e alguns se aproximavam saltando de pedra em pedra, como se quisessem encurralá-los. Efraín gritava para intimidá-los, e seus gritos ressoavam pelo desfiladeiro, fazendo os pedregulhos se soltar e rolar até o mar. Depois de uma hora de trabalho, voltaram ao quintal com as latas cheias.

— Bravo! — exclamou *don* Santos. — Vocês vão ter que repetir isso duas ou três vezes por semana.

Desde então, às quartas e aos domingos, Efraín e Enrique remexiam o lixão. Logo começaram a fazer parte da estranha fauna do lugar, e os urubus, acostumados com sua presença, trabalhavam ao lado deles, grasnando, revoando, escavando com os bicos amarelos, como ajudando-os a descobrir a pista da preciosa sujeira.

Foi ao regressar de uma dessas excursões que Efraín sentiu uma dor na sola do pé. Um caco de vidro lhe fizera uma pequena ferida. No dia seguinte, o pé estava inchado, mas mesmo assim ele continuou o trabalho. Quando voltaram, o menino quase não conseguia andar, mas *don* Santos não reparou nisso, pois estava com visita. Acompanhado de um homem gordo com as mãos manchadas de sangue, observava o chiqueiro.

— Daqui a vinte ou trinta dias vou passar por aqui — dizia o homem. — Até lá, acho que já vai estar no ponto.

Quando partiu, os olhos de *don* Santos faiscavam.

— Ao trabalho! Ao trabalho! Daqui em diante, vou ter que aumentar a ração do Pascual! O negócio está correndo bem nos trilhos.

Na manhã seguinte, no entanto, quando *don* Santos acordou os netos, Efraín não conseguiu se levantar.

— O pé dele está machucado — explicou Enrique. — Ontem se cortou com um caco de vidro.

Don Santos examinou o pé do neto. A infecção já se espalhara.

— Isso não é nada! Ele tem que lavar o pé no córrego e amarrar com um pano.

— Mas está doendo! — exclamou Enrique. — Ele não consegue andar direito.

Don Santos pensou por um momento. Do chiqueiro, chegavam os grunhidos de Pascual.

— E eu? — perguntou, dando um tapa na perna de pau. — Por acaso minha perna não dói? E eu tenho setenta anos e ainda trabalho... Vocês têm que parar com essas manhas!

Efraín foi para a rua com sua lata, apoiado no ombro do irmão. Meia hora depois, voltaram com as latas vazias.

— Não dava mais! — disse Enrique ao avô. — O Efraín está mancando.

Don Santos observou os netos como se estivesse pensando num castigo.

— Bem, bem — disse ele, coçando a barba rala. Pegando Efraín pelo pescoço, arrastou-o até o quarto. — Os doentes, na cama! Apodrecendo no colchão! E você vai fazer o trabalho do seu irmão. Vá agora mesmo para o lixão!

Perto do meio-dia, Enrique voltou com as latas cheias. Estava acompanhado de um estranho visitante: um cachorro esquálido e um tanto sarnento.

— Eu encontrei ele no lixão — explicou Enrique —, e ele veio me seguindo.

Don Santos pegou a vara.

— Mais uma boca para alimentar!

Enrique apertou o cachorro contra o peito e correu para a porta.

— Não faça nada para ele, vovô! Eu divido minha comida com ele.

Don Santos se aproximou, afundando a perna de pau no barro.

— Nada de cachorros aqui! Já me bastam vocês dois!

Enrique abriu a porta da rua.

— Se ele for embora, eu vou junto.

O avô se deteve. Enrique aproveitou para insistir:

— Ele não come quase nada... olhe como é magro. Além disso, já que o Efraín está doente, o cachorro vai me ajudar. Ele conhece bem o lixão e tem bom faro para os restos.

Don Santos refletiu, olhando para o céu, onde a garoa se condensava. Sem dizer nada, soltou a vara, pegou as latas e foi mancando até o chiqueiro.

Enrique sorriu de alegria e, com seu amigo apertado contra o peito, correu até o irmão.

— Pascual, Pascual... Pascualito! — cantava o avô.

— Você vai se chamar Pedro — disse Enrique, acariciando a cabeça do cachorro, e entrou no quarto.

Sua alegria se dissolveu: Efraín, inundado de suor, se retorcia de dor no colchão. O pé dele, inchado, parecia uma bexiga cheia de ar. Os dedos quase tinham perdido a forma.

— Eu te trouxe esse presente, olhe — disse, mostrando o cachorro. — Ele se chama Pedro, é para você, para te fazer companhia... Quando eu for ao lixão, vou deixar ele aqui e vocês dois vão brincar o dia inteiro. Você vai ensinar ele a te trazer pedras na boca.

— E o vô? — perguntou Efraín, estendendo a mão para o animal.

— O vô não disse nada — suspirou Enrique.

Ambos olharam para a porta. A garoa tinha começado a cair. A voz do avô vinha lá do quintal:

— Pascual, Pascual... Pascualito!

Naquela noite, saiu a lua cheia. Ambos os netos se inquietaram, porque nessa época o avô ficava intratável. Desde o fim da tarde, ele estava rondando pelo quintal, falando sozinho, dando varadas no parreiral. Às vezes se aproximava do quarto, lançava um olhar lá dentro para ver os netos silenciosos, dava uma cusparada carregada de rancor. Pedro tinha medo dele e cada vez que o via se enrodilhava e ficava imóvel como uma pedra.

— Sujeira, nada mais que sujeira! — repetiu o avô a noite inteira, olhando para a lua.

No dia seguinte, Enrique amanheceu resfriado. O velho, que o ouviu espirrar de madrugada, não disse nada. No fundo, no entanto, pressentia uma catástrofe. Se Enrique ficasse doente, quem se ocuparia de Pascual? A voracidade do porco crescia na mesma velocidade que sua gordura. À tarde, grunhia com o focinho enterrado na lama. Do quintal de Nemesio, que morava a uma quadra dali, tinham vindo se queixar.

No segundo dia, aconteceu o inevitável: Enrique não conseguiu se levantar. Tinha tossido a noite toda e a manhã o surpreendeu tremendo, queimando de febre.

— Você também? — perguntou o avô.

Enrique apontou para o peito, que chiava. O avô saiu furioso do quarto. Cinco minutos depois, voltou.

— É muito feio me enganar desse jeito! — lamentava-se. — Vocês abusam de mim porque eu não posso andar. Sabem muito bem que sou velho, que sou manco. Se não fosse assim, eu mandava vocês dois aos diabos e cuidava sozinho do Pascual!

Efraín acordou se queixando e Enrique começou a tossir.

— Mas não importa! Eu vou cuidar dele. Vocês são lixo, nada mais que lixo! Uns pobres urubus sem penas! Vão ver como eu me viro sem vocês. Seu avô ainda está forte. Só que hoje vocês não vão ter comida! Não vão comer até que consigam se levantar e trabalhar!

Pela porta, viram o avô pegar as latas, desajeitado, e sair para a rua. Meia hora depois, voltou arrasado. Sem a rapidez dos netos, o caminhão do lixo ganhou dele. Os cachorros, além do mais, tinham tentado mordê-lo.

— Pedaços de tranqueira! Vocês já sabem, vão ficar sem comida até que trabalhem!

No dia seguinte, tentou repetir a operação, mas teve de voltar atrás. Sua perna de pau tinha perdido o costume de andar pelas ruas de asfalto, pelas calçadas duras, e a cada passo que dava sentia uma fisgada na virilha. Na madrugada do terceiro dia, ficou esparramado no colchão, sem ânimo algum a não ser insultar os netos.

— Se o porco morrer de fome — gritava —, a culpa vai ser de vocês dois!

A partir de então, começaram dias angustiantes, intermináveis. Os três passavam o tempo todo trancados no quarto, sem falar, sofrendo uma espécie de reclusão forçada. Efraín se remexia sem parar, Enrique tossia, Pedro se levantava e, depois de dar uma volta pelo quintal, voltava com uma pedra na boca, que depositava na mão dos donos. *Don* Santos, meio deitado, mexia na perna de pau e lhes lançava olhares ferozes. Ao meio-dia, arrastava-se até um canto do terreno onde cresciam uns legumes e preparava seu almoço, que devorava escondido. Às vezes, trazia à cama dos netos alguma alface ou cenoura crua, com o propósito de aguçar o apetite deles, acreditando assim que seu castigo se tornava mais refinado.

Efraín já não tinha forças para reclamar. Só Enrique sentia crescer no peito um medo estranho e, ao olhar nos olhos do avô, achava que não os reconhecia, como se tivessem perdido sua expressão humana. À noite, quando a lua aparecia no céu, pegava Pedro entre os braços e o apertava ternamente até fazê-lo ganir. Nessa hora, o porco começava a grunhir e o avô se queixava como se estivessem enforcando-o. Às vezes, punha a perna de pau e saía para o quintal. À luz da lua, Enrique o via ir dez vezes do chiqueiro até a horta, levantando os punhos, atropelando o que encontrasse pelo caminho. Por fim, voltava ao quarto e ficava olhando fixo para eles, como se quisesse responsabilizá-los pela fome de Pascual.

Na última noite de lua cheia, ninguém conseguiu dormir. Pascual lançava verdadeiros rugidos. Enrique ouvira dizer que os porcos, quando tinham fome, enlouqueciam como os homens. O avô permaneceu velando, sem apagar sequer o lampião. Dessa vez, não saiu para o quintal nem praguejou entre os dentes. Afundando no colchão, olhava fixo para a porta. Parecia acumular dentro de si uma cólera muito antiga, brincar com ela, preparando-se para disparála. Quando o céu começou a desbotar sobre as colinas, *don* Santos abriu a boca, dirigiu aquele oco escuro aos netos e lançou um rugido:

— Vamos, vamos, vamos! — os golpes começaram a chover.
— Levantando, seus folgados! Até quando vamos ficar assim? Isso acabou! De pé!

Efraín começou a chorar. Enrique se levantou, espremendo-se contra a parede. Os olhos do avô pareciam fasciná-lo, até torná-lo insensível aos golpes. Via a vara se levantar e se abater sobre sua cabeça, como se fosse uma vara de papel. No fim, conseguiu reagir.

— Efraín não! Ele não tem culpa! Pode deixar, eu vou sair, eu vou ao lixão!

O avô se conteve, ofegante. Demorou muito para recuperar o fôlego.

— Agora mesmo... para o lixão... leve duas latas, quatro...

Enrique se afastou, pegou as latas e saiu às pressas. O cansaço, devido à fome e à convalescência, o fazia tropeçar. Quando abriu o portão do quintal, Pedro quis segui-lo.

— Você não. Fique aqui cuidando do Efraín.

E saiu para a rua, respirando a plenos pulmões o ar da manhã. No caminho, ia comendo grama, esteve a ponto de mastigar terra. Via tudo através de uma névoa mágica. A debilidade o tornava leve, etéreo: voava quase como um pássaro. No lixão, sentiu-se mais um urubu entre os urubus. Quando as latas estavam transbordando, começou a voltar. As beatas, os noctívagos, os entregadores descalços, todas as secreções do alvorecer começavam a se dispersar pela cidade. Enrique, de volta ao seu mundo, caminhava feliz entre eles, em seu mundo de cachorros e fantasmas, tocado pela madrugada.

Ao entrar no quintal, sentiu um ar opressor, resistente, que o fez parar. Era como se ali, no limiar do portão, terminasse um mundo e começasse outro feito de barro, de rugidos, de penitências absurdas. O mais surpreendente era, no entanto, que dessa vez reinava no quintal uma calma carregada de maus presságios, como se toda a violência estivesse se equilibrando, a ponto de desabar. O avô, parado na beira do chiqueiro, olhava para o fundo. Parecia uma árvore que crescia a partir da perna de pau. Enrique fez barulho, mas o avô não se mexeu.

— Aqui estão as latas!

Don Santos lhe deu as costas e ficou imóvel. Enrique soltou as latas e correu intrigado até o quarto. Efraín, mal o viu, começou a gemer:

— Pedro... Pedro...

— O que aconteceu?

— O Pedro mordeu o vô... O vô pegou a vara... Depois escutei o Pedro ladrar.

Enrique saiu do quarto.

— Pedro, vem cá! Onde você está, Pedro?

Ninguém respondeu. O avô continuava imóvel, com o olhar fixo na parede. Enrique teve um mau presságio. De um pulo, aproximou-se do velho.

— Onde está o Pedro?

Seu olhar se dirigiu ao chiqueiro. Pascual devorava algo no meio da lama. Ainda restavam as pernas e o rabo do cachorro.

— Não! — gritou, tapando os olhos. — Não, não! — e através das lágrimas procurou o olhar do avô. Este o evitou, virando-se com dificuldade sobre sua perna de pau. Enrique começou a girar em volta dele, puxando sua camisa, gritando, dando pontapés, tentando olhar nos olhos do avô, encontrar uma resposta.

— Por que você fez isso? Por quê?

O avô não respondia. Por fim, impaciente, deu um empurrão no neto que o fez rolar pela terra. Do chão, Enrique observou o velho que, como um gigante, olhava obstinadamente o banquete de Pascual. Estendendo a mão, encontrou a vara, toda manchada de sangue. Com ela, levantou-se na ponta dos pés e se aproximou do velho.

— Vire! — gritou. — Vire!

Quando *don* Santos se virou, divisou a vara que cortava o ar e estalava contra sua bochecha.

— Tome! — bradou Enrique e levantou a mão novamente. Mas de súbito se deteve, com medo do que estava fazendo, e, lançando a vara no chão, olhou para o avô quase arrependido. O velho, com as mãos no rosto, retrocedeu um passo, sua perna de pau tocou a terra úmida, ele resvalou e, dando um grito, caiu de costas no chiqueiro.

Enrique retrocedeu alguns passos. Primeiro apurou o ouvido, mas não se escutava nenhum ruído. Pouco a pouco, foi se aproximando. O avô, com a perna de pau quebrada, estava caído de costas na lama. Tinha a boca aberta e seus olhos procuravam Pascual, que havia se refugiado num canto e fuçava desconfiado na lama.

Enrique foi se afastando, com o mesmo silêncio com que havia se aproximado. Provavelmente o avô conseguiu divisá-lo, pois enquanto ele corria para o quarto pareceu que *don* Santos falava seu nome, com um tom de ternura que Enrique nunca havia escutado.

— Aqui, Enrique, aqui!

— Vamos! — exclamou Enrique, precipitando-se sobre o irmão. — Vamos, Efraín! O velho caiu no chiqueiro! Temos que ir embora daqui!

— Para onde? — perguntou Efraín.

— Para qualquer lugar, para o lixão, para onde a gente possa comer alguma coisa, lá onde ficam os urubus!

— Não consigo ficar de pé!

Enrique levantou o irmão com ambas as mãos e o apertou contra o peito. Abraçados até formar uma só pessoa, cruzaram lentamente o quintal. Quando abriram o portão da rua, perceberam que a madrugada tinha terminado e que a cidade, desperta e viva, abria diante deles sua gigantesca mandíbula.

Lá do chiqueiro, chegava o rumor de uma batalha.

Paris, 1954

Interior "L"

O colchoeiro, com a longa vara de marmelo sobre o ombro e o rosto recoberto de pó e de penugem, atravessou o corredor do cortiço, limpando o suor do rosto com o dorso da mão.

— Paulina, o chá! — exclamou ao entrar no quarto, dirigindo-se a uma garota que, inclinada sobre um caixote, escrevia num caderno. Logo o colchoeiro desabou na cama. Estava extenuado. Durante toda a manhã, estivera sacudindo com a vara um monte de lã suja para reformar os colchões da família Enríquez. Ao meio-dia, no boteco da esquina, comeu um ceviche e um prato de feijão e prosseguiu à tarde com sua tarefa. Até aquele dia, nunca havia se cansado tanto. Antes do entardecer, suspendeu seu trabalho e empreendeu a volta a casa, um pouco preocupado e descontente, pensando quase com urgência na cama desarrumada e em sua xícara de chá.

— Está aqui — disse sua filha, passando-lhe uma pequena caneca de metal. — Está bem quente — e voltou ao caixote, onde continuou escrevendo. O colchoeiro tomou um gole enquanto observava as tranças pretas de Paulina e suas costas curvadas. Foi tomado por um sentimento de ternura e tristeza. Paulina era a única pessoa que lhe restava de sua pequena família. A mulher morrera havia mais de um ano, vítima da tuberculose. Essa doença parecia ser um defeito de família, pois seu filho, que trabalhava como pedreiro, falecera da mesma enfermidade algum tempo depois.

— Caiu um tijolo nas costas dele! Foi só um tijolo! — lembrou-se de que argumentara diante do proprietário do cortiço, que tinha ido muito alarmado ao casebre quando lhe informaram que nela havia um tísico.

— E essa tosse? E essa palidez?

— Juro para o senhor que foi só um tijolo. Logo vai passar.

Não foi preciso esperar muito tempo. Na semana seguinte, o pequeno pedreiro se afogava no próprio sangue.

— Deve ter sido um tijolo muito grande — comentou o proprietário quando lhe contaram sobre o falecimento.

— Paulina, pode me servir mais um pouco?

Paulina se virou. Era uma *cholita** de quinze anos, baixa para a idade, rechonchuda, a tez escura, os olhos puxados e vivos e o nariz achatado. Não se parecia em nada com a mãe, que era tão magra quanto uma agulha de tricô.

— Paulina, estou cansado. Hoje reformei dois colchões — suspirou o colchoeiro, deixando a caneca no chão para se esparramar na cama. E, como Paulina não respondesse, deixando escutar apenas a caneta correndo sobre o papel, ele não insistiu. Seu olhar foi deslizando pelo teto de madeira até descobrir um vidro quebrado na claraboia. "Preciso comprar um vidro", pensou, e de repente se lembrou de Domingo. Achou estranho que a lembrança não lhe provocasse tanta indignação. Também, tinha que ter acontecido aquilo com ele?!

— Paulina, qual era o sobrenome do Domingo?

Dessa vez, a filha se virou depressa e ficou olhando fixo para ele.

---

* *Cholo*: no Peru, mestiço de sangue espanhol e indígena (ameríndio). [N. T.]

— Allende — replicou, e voltou a se curvar sobre sua tarefa.
— Allende? — repetiu o colchoeiro. Tudo começou quando, certa tarde, topou com o professor de Paulina na avenida. Mal o divisou, correu até ele para lhe perguntar como iam os estudos da filha. O professor ficou olhando para ele surpreso, balançou a enorme calva e, apontando-o com o indicador, fez-lhe uma incrível revelação:
— Faz dois meses que ela não vai ao colégio. Por acaso está doente?
Sem acreditar no que ouvira, o colchoeiro voltou no mesmo instante para casa. Eram três da tarde, hora escolar por excelência. A primeira coisa que viu foi o avental de Paulina pendurado na maçaneta da porta e depois, ao entrar, viu a filha, que dormia a sono solto na cama.
— O que você está fazendo aqui?
Ela acordou sobressaltada.
— Você não foi ao colégio?
Paulina começou a chorar enquanto tentava cobrir as pernas e a barriga impudicamente à mostra. Ele, então, ao vê-la, teve uma suspeita feroz.
— Você está muito barriguda — disse, aproximando-se. — Deixe-me olhar para você! — E, apesar da resistência que ela oferecia, conseguiu descobri-la.
— Maldição! — exclamou. — Você está grávida! Como eu não vou saber, eu que engravidei duas vezes minha mulher?!
— Allende, não é? — perguntou o colchoeiro, levantando-se um pouco. — Eu achava que era Ayala.
— Não, Allende — respondeu Paulina, sem se virar.
O colchoeiro voltou a recostar a cabeça no travesseiro. O cansaço inflava seu peito num tom ritmado.
— Sim, Allende — repetiu. — Domingo Allende.

Depois das reprovações e da surra, ela tinha confessado. Domingo Allende era mestre de obras de uma construção próxima, um *zambo** forte e beiçudo, bastante hábil em fazer galanteios, bater bola e peitar quem atravessasse seu caminho.

— Mas de quem foi a culpa? — tinha perguntado à filha, puxando-a pelos cabelos.

— Dele! — replicou ela. — Uma tarde, eu estava dormindo e ele se enfiou no quarto, tapou minha boca com uma toalha e...

— Sim, claro, dele! E por que você não me disse nada?

— Fiquei com vergonha!

E então quanta raiva, quanta indignação, quanta angústia ele sentiu. Havia bradado sua desgraça em altas vozes por todo o cortiço, confiando que a solidariedade dos vizinhos lhe traria algum consolo.

— Vá até a delegacia — disse o encanador do quarto vizinho.

— Essas coisas são resolvidas com o juiz — sugeriu-lhe um entregador de pão.

E seu compadre, que trabalhava como carpinteiro, aconselhou-o, pegando o serrote:

— Se eu fosse você... zás! — e fez um movimento expressivo com a ferramenta.

Essa última atitude lhe parecia a mais digna, apesar de não ser a mais prudente. Armado apenas de coragem, ele se dirigiu à construção onde Domingo trabalhava.

Ainda recordava a figura robusta de Domingo assomando do alto de um andaime.

— Quem está me procurando?

— Um senhor está perguntando por você.

---

* *Zambo*: no Peru, mestiço de negro(a) e indígena. [N. T.]

Escutou-se um ruído de tábuas batendo e logo estava diante dele um gigante com as mãos manchadas de cal, o rosto salpicado de gesso e a enorme boca carnuda emergindo debaixo de um chapeuzinho de papel. Não só decaíram suas intenções belicosas, mas o colchoeiro foi convencido pela lógica — que provinha mais dos músculos do que das palavras — de que Paulina era a culpada de tudo.

— Que culpa tenho eu? Ela me procurava! Pode perguntar para todo mundo do cortiço. Ela me convidou para ir até o quarto. "Meu pai não fica em casa de tarde", disse. E o resto, você já sabe!

Sim, ele já sabia do resto. Não era necessário que lhe recordassem. Bastava naquela época ver o ventre de Paulina, cada vez mais protuberante, para se dar conta de que o mal estava feito e que era irreparável. Em seu desespero, não lhe restou mais remédio além de procurar dona Enríquez, uma velha obesa de quem, a cada tanto, reformava os colchões.

— Não seja tonto — a mulher o repreendeu. — Como as coisas vão ficar assim? Meu marido é advogado, pergunte a ele o que fazer.

À noite, o advogado o recebeu. Estava jantando, então o fez sentar-se do outro lado da mesa e lhe ofereceu um café.

— Sua filha tem só catorze anos? Então se supõe que houve violência. Isso dá cadeia. Eu vou cuidar do assunto. Vou fazer, é claro, um preço camarada.

— Paulina, você não tem medo do tribunal? — perguntou o colchoeiro com o olhar fixo no vidro quebrado, pelo qual assomava uma estrela.

— Não sei — ela replicou, distraída.

Ele, sim, tinha medo. Certa vez, já fora chamado ao tribunal por causa de uma ordem de despejo. Recordava, como um pesadelo, suas andanças diárias pelo Tribunal de Justiça, suas discussões com os escrivães, suas humilhações diante dos atendentes. Que horror! Por isso, a possibilidade de embarcar num julgamento contra Domingo o aterrorizava.

— Vou pensar nisso — disse ao advogado.

E continuaria pensando indefinidamente se não fosse por aquele encontro que teve com o *zambo* Allende, um sábado à tarde, enquanto bebia cerveja. Encorajado pela bebida, atreveu-se a ameaçá-lo.

— Você vai se dar mal! Eu fui consultar um advogado. Nós vamos te meter na cadeia por abuso de menores! Você vai ver!

Dessa vez, o *zambo* não fez nenhuma bravata. Deixóu sua garrafa no balcão e ficou olhando perplexo. Ao perceber tal reação, o colchoeiro arremeteu.

— Sim, não vamos parar até que você esteja metido entre as grades! A lei me protege.

Domingo pagou sua cerveja e, sem dizer palavra, abandonou o bar. Estava tão assustado que se esqueceu de pegar o troco.

— Paulina, naquela noite eu te mandei comprar cerveja.

Paulina se virou.

— Qual?

— A noite do Domingo e do engenheiro.

— Ah, sim.

— Vá agora, pegue esse trocado e vá me comprar uma cerveja. E bem gelada! Está muito quente!

Paulina se levantou, enfiou as pontas da blusa na saia e saiu do quarto.

No mesmo sábado do encontro no bar, ao cair da tarde, Domingo apareceu com o engenheiro. Entraram no quarto silenciosos e ficaram olhando para ele. O colchoeiro se espantou com a expressão de seus visitantes. Pareciam estar tramando algo desconhecido.

— Paulina, vá comprar uma cerveja — disse ele, e a garota saiu em disparada.

Quando os três homens ficaram sozinhos, selaram o acordo. O engenheiro era um homem muito elegante. O colchoeiro lembrou-se de que, enquanto o homem falava, ele não parou de olhar estupidamente para os punhos brancos de sua camisa, onde reluziam abotoaduras de ouro.

— Um julgamento não leva a nada — dizia, passeando seu olhar pelo quarto e franzindo involuntariamente o nariz. — Você ficará brigando durante dois ou três anos no decorrer dos quais não receberá um tostão e, enquanto isso, a garota pode precisar de alguma coisa. Assim, o melhor é que você aceite isso... — e levou a mão à carteira.

Sua dignidade de pai ofendido então explodiu. Algumas frases soltas repicaram em seus ouvidos. "Como você acha que eu vou fazer isso?" "Vá embora com seu dinheiro!" "Vocês vão se entender com o juiz!" Para que tanto barulho, se no fim ele ia aceitar?

— Você já sabe — aconselhou o engenheiro antes de ir embora. — Está aí o dinheiro, mas não meta o juiz no assunto.

Paulina chegou com a cerveja.

— Abra — ordenou ele.

Daquela vez, Paulina também trouxe a cerveja, mas, estranhamente, teve de servi-la ao engenheiro e a seu violador. Ela também bebeu um golinho e os quatro celebraram o "acordo".

— Você não quer um pouco? — perguntou o colchoeiro.

Paulina se serviu em silêncio e entregou a garrafa ao pai.

Pelo buraco do vidro, a estrela continuava brilhando. Naquela noite a estrela também brilhava, mas sobre a mesa, agora vazia, estava uma pilha de cédulas.

— Quanto dinheiro! — Paulina tinha exclamado, desabando no colchão.

De fato, tinha sido muito, muito dinheiro! A primeira coisa que ele fez foi envidraçar aquele buraco. Depois comprou um lampião de querosene. Também se deram ao luxo de adotar um cachorrinho.

— Paulina, você se lembra do Bobi? Coitadinho!

E assim como o cachorrinho desapareceu sem deixar rastros — as suspeitas logo recaíram no açougueiro —, o vidro foi quebrado por uma pedrada. Só restava o lampião de querosene. E a lembrança daqueles dias afortunados. A lembrança!

— Que dias aqueles, Paulina!

Durante mais de quinze dias, ele não foi trabalhar. Em suas manhãs ociosas e nas noites de farra sentia o delicioso gosto de uma revanche. Do dinheiro que recebera ia extraindo, em goles febris, todas as experiências e os prazeres que antes lhe haviam sido negados. Sua vida se preencheu de aventuras, tornou-se simpática e suportável.

— E aí, mestre Padrón? — gritava o encanador todas as tardes. — Vamos tomar nosso suquinho? — e juntos iam ao boteco de *don* Eduardo.

— E aí, mestre Padrón, você conhece o hipódromo? — ele se lembrava de um local cheio de apostadores, de bilhetes rasgados e, naturalmente, de cavalos. Recordava, também, que perdeu dinheiro.

— E aí, mestre Padrón, você já foi à feira?

— Preciso instalar um vidro novo! — exclamou o colchoeiro com alguma animação. — A chuva pode entrar por ali, no inverno.

Paulina observou a claraboia.

—Assim está bom — replicou. — Fica fresquinho.

— É preciso pensar no futuro!

Naquela época, ele não pensava no futuro. Quando o encanador lhe disse: "E aí, mestre Padrón, vamos dar uma volta por La Victoria?", ele aceitou sem considerar que Paulina estava grávida de oito meses e que podia dar à luz a qualquer momento. Ao voltar às três da manhã, de braços dados com o encanador, encontrou seu quarto cheio de gente: Paulina tinha abortado. Num canto, enrolado num lençol, havia um volume sanguinolento. Paulina jazia estendida num colchão de palha, com o rosto verde como um limão.

— Meu Deus, minha Paulinita morreu! — foi a única coisa que atinou a exclamar antes de ser repreendido pela parteira e de receber no rosto congestionado pela bebida um jarro de água gelada.

Pela claraboia penetrava o vento, fazendo oscilar a chama da lamparina. A estrela adormecera.

— Preciso pôr um vidro — suspirou o colchoeiro e, como Paulina não respondesse, insistiu: — Como foi útil da última vez! Não custou muito, não é?

Paulina se levantou, fechando o caderno.

— Não me lembro — disse, e se aproximou do fogão. Recolhendo a saia para não sujá-la, ajoelhou-se e começou a avivar o carvão.

— Quanto custaria? — pensou ele. — Talvez um dia de trabalho — e observou os quadris largos da filha. Muitos dias se passaram antes de que ela recuperasse a cor e o peso. O resto de seu pequeno capital foi gasto em remédios. Quando, de noite, o farmacêutico lhe trazia grandes pacotes de remédios, ele ficava irrequieto pensando no tamanho da conta.

— Mas não faça essa cara — ria o homem. — Até parece que estou lhe dando veneno.

No dia em que Paulina conseguiu se levantar, ele já não tinha um tostão. Precisou, então, pegar a vara de marmelo, as temíveis agulhas, o rolo de cânhamo, e reiniciar seu trabalho com aquelas mãos que o descanso havia entorpecido.

— Você está muito gordo — dizia-lhe dona Enríquez ao vê-lo ofegar enquanto sacudia a lã.

— Sim, engordei um pouco.

Isso já vinha acontecendo havia alguns meses. Desde então, ele ia levando sua vida assim, penosamente, num mundo de poeira e penugem. Aquele dia havia sido igual a muitos outros, mas singularmente distinto. Ao voltar a casa, enquanto raspava o chão com a varinha, parecera-lhe que as coisas estavam perdendo o sentido e de que havia algo de desgastante, deplorável e injusto em sua condição, no tamanho das casas, na cor do poente. Se pudesse pelo menos passar um tempo assim, bebendo sem pressa seu chá diário, escolhendo do passado apenas as coisas agradáveis e observando pelo vidro quebrado o passar das estrelas e das horas. E se aquela época pudesse se repetir... Será que era impossível?

Paulina, inclinada sobre o fogão, soprava nos carvões até deixá-los em brasa. Um calor e um crepitar agradáveis invadiram o cômodo. O colchoeiro observou as tranças da filha, suas costas delicadamente curvadas, os quadris largos. De súbito, uma espécie de brilho cruzou por sua mente. Ele se ajeitou até ficar sentado na beira da cama:

— Paulina, estou cansado, muito cansado... Preciso descansar... Por que você não procura o Domingo outra vez? Amanhã não vou estar aqui de tarde.

Paulina se virou para ele de supetão, com as bochechas abrasadas pelo calor do fogo, e o encarou por um instante. Depois voltou a vista para o fogão, soprou até avivar a chama e replicou pausadamente:

— Vou pensar nisso.

Madri, 1953

Mar afora

Desde que o barco zarpara, Janampa havia pronunciado apenas duas ou três palavras, sempre obscuras, cheias de reserva, como se ele estivesse obstinado a criar um clima de mistério. Sentado diante de Dionisio, remava infatigavelmente havia uma hora. As fogueiras da praia já tinham desaparecido e os barcos dos outros pescadores mal se divisavam à distância, palidamente iluminados por seus lampiões de querosene. Dionisio tentava em vão estudar as feições de seu companheiro. Ocupado em tirar a água do barco com a pequena lata, observava furtivamente o rosto de Janampa que, recebendo em plena nuca a luz crua do lampião, só evidenciava um perfil negro e impenetrável. Às vezes, quando virava ligeiramente o semblante, a luz lhe escorria pelas bochechas cheias de suor ou pelo pescoço desnudo, e era possível vislumbrar uma face carrancuda, decidida, cruelmente tomada por uma estranha resolução.

— Será que falta muito para amanhecer?

Janampa soltou apenas um grunhido, como se tal acontecimento lhe importasse pouco, e continuou cravando com fúria os remos no mar escuro.

Dionisio cruzou os braços e se pôs a tiritar. Já havia pedido os remos uma vez, mas o outro tinha recusado com um palavrão. Ainda não conseguira explicar, além disso, por que havia escolhido Dionisio, precisamente ele, para que o acompanhasse naquela madrugada. É certo que Janampa estava bêbado, mas havia outros pescadores disponíveis de quem ele era mais amigo. Seu tom, por outro lado, havia sido imperioso. Pegando-o pelo braço, dissera:

— Nós vamos juntos para o mar hoje de madrugada — e foi impossível negar. Tudo que fez foi apertar a cintura da *prieta* e dar-lhe um beijo entre os seios.

— Não demore muito! — ela tinha gritado, na entrada da barraca, agitando a frigideira do peixe.

Foram os últimos a zarpar. No entanto, a vantagem foi logo recuperada, e depois de um quarto de hora já tinham ultrapassado os companheiros.

— Você é um bom remador — disse Dionisio.

— Quando me proponho a isso — replicou Janampa, soltando uma risada abafada.

Mais tarde, falou outra vez:

— Nessa parte há um banco de arenques — lançou ao mar uma cusparada —, mas agora não me interessa — e continuou remando mar afora.

Foi aí que Dionisio começou a ficar com medo. O mar, além disso, estava um pouco agitado. As ondas vinham encrespadas e, cada vez que investiam no barco, a proa se elevava ao céu e Dionisio via Janampa e o lampião suspensos contra o Cruzeiro do Sul.

— Acho que aqui está bom — ele se atrevera a sugerir.

— Você não sabe! — replicou Janampa, quase colérico.

A partir de então, ele também não abriu mais a boca. Limitou-se a tirar a água cada vez que era necessário, mas observando o pescador sempre com receio. Às vezes perscrutava o céu, com o vívido desejo de vê-lo desbotar-se, ou lançava olhares furtivos para trás, esperando ver o reflexo de algum barco próximo.

— Embaixo dessa tábua tem uma garrafa de pisco — disse Janampa de repente. — Tome um trago e me passe.

Dionisio procurou a garrafa. Estava pela metade, e ele despejou, quase com alívio, grandes goladas na garganta salgada.

Janampa soltou os remos pela primeira vez, com um grande suspiro, e pegou a garrafa. Depois de consumi-la, atirou-a ao mar. Dionisio esperou que no fim fossem entabular uma conversa, mas Janampa se limitou a cruzar os braços e ficou em silêncio. O barco, com os remos abandonados, ficou à mercê das ondas. Virou ligeiramente para a costa e depois, com a ressaca, deixou-se levar mar afora. Houve um momento em que recebeu de lado uma onda espumante que o inclinou quase até virar, mas Janampa não fez um gesto nem disse uma palavra. Nervoso, Dionisio procurou nas calças um cigarro e, no momento de acendê-lo, aproveitou para olhar Janampa. Um segundo de luz sobre seu rosto lhe mostrou as feições cerradas, a boca carrancuda, e duas cavernas oblíquas incendiadas de febre em seu interior.

Pegou novamente a lata e continuou tirando a água, mas agora suas mãos tremiam. Enquanto mantinha a cabeça afundada entre os braços, pareceu-lhe que Janampa ria, irônico. Depois escutou o barulho dos remos batendo na água e o barco continuou seguindo em alto-mar.

Dionisio teve então a certeza de que a intenção de Janampa não era exatamente pescar. Tentou reconstituir a história de sua amizade com ele. Os dois haviam se conhecido dois anos atrás numa obra em que tinham sido pedreiros. Janampa era um sujeito alegre, que trabalhava com gosto, pois sua extrema força física tornava divertido o que para seus companheiros era penoso. Passava o dia cantando, fazendo brincadeiras ou se atirando dos andaimes para seduzir as empregadas, para quem ele era uma espécie de tarzã ou de besta ou demônio ou garanhão. Aos sábados, depois de receber o pagamento, eles subiam ao telhado da construção e apostavam tudo que tinham ganhado.

— Agora me lembro — pensou Dionisio. — Uma tarde ganhei no pôquer todo o salário dele.

O cigarro lhe caiu das mãos, sentiu calafrios. Será que ele se lembrava? Contudo, isso não tinha muita importância. Ele também perdera algumas vezes. Aquela época, além disso, tinha passado. Para se certificar, aventurou uma pergunta.

— Você continua jogando?

Janampa cuspiu no mar, como cada vez que tinha de dar uma resposta.

— Não — disse, e voltou a se afundar em seu mutismo. Mas depois acrescentou: — Sempre ganhavam de mim.

Dionisio aspirou fortemente o ar marinho. A resposta de seu companheiro o tranquilizou em parte, apesar de abrir uma nova trilha de temores. Além disso, acima da linha da costa, via-se um reflexo rosado. Estava amanhecendo, sem sombra de dúvida.

— Bom! — exclamou Janampa, de repente. — Aqui já está bom! — e cravou os remos no barco. Depois apagou o lampião e se mexeu no assento, como se procurasse algo. Por último, recostou-se na proa e começou a assobiar.

— Vou jogar a rede — sugeriu Dionisio, tentando se endireitar.

— Não — replicou Janampa. — Eu não vou pescar. Agora quero descansar. Quero assoviar também... — e seus assovios viajavam pela costa, imitando os patos que começam a desfilar grasnando. — Você se lembra disso? — perguntou, interrompendo-se.

Dionisio cantarolou mentalmente a melodia que seu companheiro desfiava. Tentou associá-la a algo. Janampa, como se quisesse ajudá-lo, prosseguiu os assovios, dando a eles distintos tons, todo ele sacudido pela música, como a corda de uma guitarra. Viu, então, um galpão cheio de garrafas e de música. Era um casamento. Era impossível não lembrar, pois naquela ocasião conhecera a *prieta*. A festa durou toda a madrugada. Depois de brindar, Dionisio se retirou para o promontório, abraçando a *prieta* pela cintura. Isso acontecera havia mais de um ano. Aquela melodia, bem como o gosto do champanhe, sempre lhe recordava aquela noite.

— Você estava lá? — perguntou, como se estivesse pensando em voz alta.

— Estive lá a noite inteira — replicou Janampa.

Dionisio tentou se lembrar. Havia tanta gente! Além disso, que importância teria aquilo?

— Depois fui até o promontório — acrescentou Janampa e riu, riu para dentro, como se tivesse engolido algumas palavras picantes e se deliciasse em segredo.

Dionisio olhou para ambos os lados. Não, nenhum barco se aproximava. Foi invadido por um repentino desassossego. A suspeita o assaltara de súbito. Naquela noite da festa, Janampa também conheceu a *prieta*. Viu claramente o pescador quando apertava a mão dela sob a fileira de tecidos flutuantes.

— Eu me chamo Janampa — disse (estava um pouco bêbado). — Mas todo mundo me conhece como "o *zambo* boa-pinta Janampa". Trabalho como pescador e sou solteiro.

Minutos antes, também havia dito à *prieta*:

— Muito prazer. É a primeira vez que você vem aqui? Nunca tinha te visto.

A *prieta* era uma mulher experiente, astuta e com olho vivo em relação aos canalhas. Viu, por trás de toda a empáfia de Janampa, um conquistador barato, vaidoso e violento.

— Solteiro? — replicou. — Por aí andam dizendo que você tem três mulheres! — e, pegando Dionisio pelo braço, começou a dançar com ele.

— Você se lembrou, não é mesmo? — exclamou Janampa. — Naquela noite tomei uma bebedeira! Fiquei de porre como um cavalo! Não consegui nem fazer o brinde... Mas, quando amanheceu, fui até o promontório.

Dionisio limpou, com o antebraço, o suor frio do rosto. Gostaria de esclarecer as coisas. Perguntar por que ele o seguira daquela vez e o que pretendia agora. Mas sua mente estava confusa. Lembrava-se das coisas atropeladamente. Recordou, por exemplo, que quando se instalou na praia para trabalhar no barco de Pascual, topou com Janampa, que trabalhava com pesca havia alguns meses.

— Voltamos a nos encontrar! — o pescador tinha dito e, observando a *prieta* com o canto dos olhos, acrescentou: — Quem sabe a gente joga de novo, como na obra. Posso recuperar o que eu perdi.

Ele, na época, não compreendeu. Achou que ele falava do pôquer. Mas agora parecia captar todo o sentido da frase que, vindo lá do passado, o atingiu como uma pedrada.

— O que você queria me dizer com aquilo do pôquer? — perguntou, sendo invadido por uma súbita coragem. — Por acaso estava se referindo a ela?

— Não sei do que você está falando — replicou Janampa e, ao ver que Dionisio se agitava de impaciência, perguntou: — Você está nervoso?

Dionisio sentiu um nó na garganta. Talvez fosse de frio ou de fome. A manhã se abrira como um leque. A *prieta* lhe perguntara certa noite, depois que se instalaram na praia:

— Você conhece o Janampa? Abra o olho. Às vezes ele me mete medo. Ele olha para mim de uma maneira estranha.

— Você está nervoso? — Janampa repetiu. — Por quê? Eu só queria dar um passeio. Queria fazer um pouco de exercício. De vez em quando é bom. A gente toma a fresca...

A costa estava ainda muito distante e era impossível chegar a ela nadando. Dionisio pensou que não valia a pena se jogar na água. Além disso, a troco de quê? Janampa — as gotas da manhã já caíam em seu rosto — estava quieto, com as mãos aferradas nos remos imóveis.

— Você já viu? — a *prieta* voltou a perguntar certa noite. — Ele está sempre rondando por aqui quando vamos nos deitar.

— Isso é coisa da sua cabeça! — na época ele estava cego.
— Eu o conheço faz tempo. É um baderneiro, nada além disso.

— Vocês se deitavam cedo... — começou Janampa — ... e não apagavam o lampião antes da meia-noite.

— Quando se dorme com uma mulher como a *prieta*... — replicou Dionisio, e se deu conta de que estavam penetrando em terreno minado, que dali em diante seria inútil continuar com fingimentos.

— Às vezes as aparências enganam — continuou Janampa — e as moedas podem ser falsas.

— Pois te garanto que a minha é bem verdadeira.

— Verdadeira! — exclamou Janampa, soltando uma risadinha. Depois pegou a rede por uma das pontas e de soslaio observou Dionisio, que olhava para trás.

— Não procure outros barcos — disse. — Ficaram muito longe. Janampa os deixou para trás! — e, pegando uma faca, começou a cortar algumas cordas que pendiam da rede.

— Ele continua rondando? — Dionisio perguntou algum tempo depois à *prieta*.

— Não — disse ela. — Agora ele anda atrás da sobrinha do Pascual.

Dionisio, no entanto, achou que aquilo não passava de uma artimanha para dissimular. De noite ouvia pedras rolando perto da barraca e, ao espiar pela cortina, várias vezes viu Janampa caminhando pela orla.

— Por acaso você procurava ouriços à noite? — perguntou Dionisio.

Janampa cortou o último nó e olhou para a costa.

— Está amanhecendo! — disse, apontando para o céu. Depois de uma pausa, acrescentou: — Não; não procurava nada. Tinha maus pensamentos, isso é tudo. Passei muitas noites sem dormir, pensando... Porém, agora está tudo bem...

Dionisio o olhou nos olhos. Afinal podia vê-los, simetricamente cavados sobre as bochechas infladas. Pareciam olhos de peixe ou de lobo. "O Janampa tem olhos mascarados", a *prieta* dissera certa vez. Naquela manhã, antes de irem para o mar, também os observara. Quando se atracava com a *prieta* perto da barraca, algo o incomodara. Olhando à sua volta sem se desvencilhar do adorável enrosco, divisou Janampa apoiado no barco, com os braços cruzados sobre o peito e a cabeleira rebelde salpicada de espuma. A fogueira próxima espalhava pinceladas de luz amarela e os olhos semicerrados o observavam de longe, com um olhar fastidioso que era quase como uma mão teimosamente apoiada nele.

— O Janampa está olhando para nós — disse então à *prieta*.

— E daí? — replicou ela, dando-lhe um tapa nas costas. — Que olhe quanto quiser! — e, pegando-o pelo pescoço, o fez rodar na areia. Em meio à luta amorosa, também observou os olhos de Janampa e os viu aproximar-se, decididos.

Quando o pegou pelo braço e lhe disse: "Vamos para o mar esta madrugada", ele não pôde recusar. Mal teve tempo de dar um beijo entre os seios da *prieta*.

— Não demore muito — ela tinha gritado, agitando a frigideira de peixe.

A voz dela tremera? Tinha acabado de lhe ocorrer. Seu grito foi como uma advertência. Por que não se refugiou nela? No entanto, talvez ainda pudesse fazer algo. Podia ficar de joelhos, por exemplo. Podia pedir uma trégua. Podia, em último caso, lutar. Levantando o rosto, no qual o medo e o cansaço já haviam cravado suas garras, deu de cara com o rosto curtido, imutável, luminoso de Janampa. O sol nascente rodeava seus cabelos com uma espécie de auréola de luz. Dionisio viu nesse detalhe uma coroação antecipada, um sinal de triunfo. Baixando a cabeça, pensou que o azar o traíra, que tudo já estava perdido. Quando lá em cima, no telhado da construção, na hora do jogo, ele recebia uma mão ruim, retirava-se sem reclamar, dizendo: "Passo, não há nada a fazer"...

— Tudo bem, você ganhou... — murmurou e quis acrescentar algo mais, fazer alguma piada cruel que lhe permitisse viver aquele momento com alguma dignidade. Mas só balbuciou: — Não há nada a fazer...

Janampa se retesou. Sujo de suor e de sal, parecia um monstro marinho.

— Agora você vai jogar a rede aí da popa — disse, e a entregou a Dionisio.

Dionisio a pegou e, dando as costas a seu rival, se lançou sobre a popa. A rede foi se estendendo pesadamente no mar. O trabalho era lento e difícil. Dionisio, recostado na borda do barco, pensava na costa que estava muito longe, nas barracas, nas fogueiras, nas mulheres que se espreguiçavam, na *prieta* que refazia suas tranças... Tudo aquilo estava longe, muito longe; era impossível chegar a nado...

— Já está bom? — perguntou sem se virar, estendendo mais a rede.

— Ainda não — replicou Janampa às suas costas.

Dionisio afundou os braços no mar até os cotovelos e, sem afastar o olhar da costa enevoada, dominado por uma tristeza anônima que parecia não lhe pertencer, ficou esperando resignadamente a hora da punhalada.

Paris, 1954

Enquanto a vela arde

Mercedes estendeu o último lençol no varal e, com os braços ainda levantados, ficou pensativa, olhando para a lua. Depois foi andando, muito devagar, até seu quarto. A vela ardia no candeeiro. Moisés, com o peito descoberto, roncava com a cara virada para o teto. Num canto, Panchito dormia enrodilhado como um gato. Apesar de estar cansada e com sono, ela não se deitou de imediato. Sentando-se num banquinho, ficou olhando aquele quadro que, animado pela chama azulada, adquiria um ar insubstancial e falso.

— Vou me deitar quando a vela terminar de queimar — pensou, e olhou para as mãos rachadas pelo alvejante. Depois seu olhar pousou no marido, no filho, nos utensílios velhos, na miséria que se requentava silenciosamente sob a luz fraca. Estava tudo tranquilo, no entanto, um sossego rural, como se o dia extenuante tivesse se amainado num longo sonho. Umas horas antes, ao contrário, a situação era tão diferente. Moisés jazia na cama como agora, mas estava inconsciente. Quando ela estava lavando a roupa nos fundos do quintal, entraram dois operários, carregando-o.

— Dona Mercedes! — gritaram, entrando no quintal. — O Moisés sofreu um acidente!

— Ele subiu um pouco zonzo no andaime — acrescentaram, deixando-o na cama — e caiu de cabeça no chão.

— Achei que estava partindo... — murmurou Mercedes, observando como ele roncava, agora, com os olhos entreabertos.

Longe de partir, no entanto, Moisés voltou de seu desmaio facilmente, como se regressasse de um cochilo. Panchito, que naquele momento brincava com o pião no chão de terra, olhou assustado para Moisés, e ela se precipitou na direção do marido, para abraçá-lo ou insultá-lo, não sabia muito bem. Mas Moisés a repeliu e, sem dizer palavra, começou a dar voltas pelo quarto.

— Parecia um louco — pensou Mercedes e olhou novamente para as mãos rachadas pelo alvejante. Se ela pudesse abrir a quitanda, não teria de lavar nunca mais. Atrás do balcão, atendendo os clientes, não só descansaria, mas adquiriria uma espécie de autoridade que saberia administrar com certo despotismo. Ela se levantaria cedo para ir ao mercado, além disso. E também se deitaria cedo...

Moisés se mexeu na cama e abriu um dos olhos. Mudando de posição, voltou a dormir.

— Parecia um louco! — repetiu Mercedes. De fato, irritado e zanzando pelo quarto, deu um pontapé em Panchito, que fugiu para o quintal choramingando. Depois acendeu um jornal como se fosse uma tocha e começou a saltitar para cá e para lá com a intenção de incendiar a casa.

— Luz, luz! — gritava. — Um pouco de luz! Não estou vendo nada! — e a baba lhe escorria pelo lábio leporino. Ela teve que segurá-lo. Pegando-o pela camisa, tirou o jornal de suas mãos e lhe deu um empurrão.

— Que barulhão que a cabeça fez — pensou Mercedes. Moisés ficou estendido no chão. Ela pisoteou o jornal até extinguir a última fagulha e saiu ao quintal para tomar um pouco de ar. Entardecia. Quando entrou de novo, Moisés continuava no chão, sem ter mudado de posição.

— Outra vez? — pensou ela. — Agora sim está mesmo partindo — e, agachando-se, tentou reanimá-lo. Mas Moisés continuava rígido e nem sequer respirava.

Um golpe de vento fez a chama tremer. Mercedes olhou para ela. Em vez de se apagar, no entanto, a chama cresceu, tornou-se ondulante, enroscou-se nos objetos como um réptil. Havia algo de fascinante, de malicioso em seu reflexo. Mercedes afastou a vista. "Não vou me deitar enquanto ela não apagar", disse a si mesma, olhando para o chão.

Ali, junto às manchas escuras de umidade, estava a marca deixada pela cabeça. Que barulhão que a cabeça fez! O coitado nem respirava e, além disso, a baba escorria pelo lábio fendido.

— Panchito! — gritou ela. — Panchito! — e o garoto apareceu na soleira da porta, transtornado de susto. — Panchito, olhe para o seu pai, mexa nele, fale alguma coisa! — Panchito pulou no pescoço do pai e o sacudiu, com algumas palavras. Ao não encontrar resposta, levantou-se e disse com voz grave, quase indiferente: "Não responde", e se dirigiu muito calado para um canto, para pegar seu pião.

Agora ele dormia com o pião na mão e a corda passada entre os dedos. Com certeza sonhava com um pião luminoso que girava na esplanada de uma nuvem. Mercedes sorriu com ternura e voltou a observar as mãos. Estavam rachadas como as de um pedreiro que mexe com gesso. Quando abrisse a quitanda, cuidaria melhor das mãos e, além disso, levaria Panchito consigo. Já estava crescidinho e tinha um raciocínio rápido.

— Vamos colocá-lo na cama — Panchito disse a ela, observando ali do canto em que estava o corpo desfalecido do pai.

Os dois o carregaram e estenderam-no na cama. Ela fechou os olhos de Moisés, gemeu um pouco, depois mais, até que foi atingida por um verdadeiro desespero.

— O que vamos fazer, mãe? — perguntou Panchito.

— Espere — ela murmurou por fim. — Vou até a dona Romelia. Ela vai me orientar.

Mercedes se lembrou de que, quando atravessava a rua, foi invadida por uma grande tranquilidade. "Se alguém me visse", pensou, "nem imaginaria que meu marido está morto." Foi pensando o caminho todo na quitanda, com uma obstinação que lhe pareceu injusta. Moisés não queria lhe dar o divórcio. "Não seja cabeça-dura, *chola*!", gritava ele. "Eu te amo! Juro por tudo!" Agora que ele não estava mais aqui — os mortos ficam aqui, por acaso? —, poderia pegar suas economias e abrir a quitanda. Dona Romelia, além do mais, aprovou a ideia. Depois de dar-lhe os pêsames e de dizer a ela que iria chamar o socorro, perguntou: "E agora, o que você vai fazer?". Ela respondeu: "Abrir uma quitanda". "Boa ideia", respondeu a mulher. "Com o preço dos legumes…"

Mercedes olhou para Moisés, que continuava roncando. Com certeza tinha sonhos agradáveis — uma garrafa interminável de pisco —, pois o lábio leporino se contorcia numa careta feliz. "Não vou poder abrir a quitanda", disse a si mesma. "Se ele souber das minhas economias, vai beber tudo em menos de um segundo."

A vela oscilou novamente e Mercedes temeu que se apagasse, pois então ela teria que se deitar. Na escuridão, não podia pensar tão bem como sob esse reflexo triste que lhe infundia no espírito ideias ligeiramente perversas e perturbadoras como um pecado. Dona Romelia, ao contrário, não suportava aquela luz.

Quando a acompanhou até a casa para os trâmites do velório, se assustou mais com o pavio do que com o cadáver.

— Apague isso! — disse. — Peça um lampião para os vizinhos.

Depois se aproximou de Moisés e o olhou como se fosse um traste. "Bebia muito", disse, e se benzeu. Os vizinhos, que com certeza tinham sentido cheiro de morte, como os urubus, começaram a chegar. Entravam assustados, mas ao mesmo tempo com aquele raro contentamento produzido por toda calamidade que é próxima e, no entanto, alheia. Os homens se precipitaram direto até o cadáver, as mulheres abraçaram Mercedes, e as crianças, apesar de repreendidas pelos pais, se amontoavam na porta de entrada, para logo fugir espantadas depois que viam o perfil do morto.

Panchito acordou. Ao ver o lampião aceso, virou-se para a parede. Mercedes teve vontade de acariciá-lo, mas se conteve. Novamente as mãos. Ásperas como uma lixa, causavam dor quando queriam ser ternas. Ela tinha notado isso horas antes, durante o velório, quando tocou o rosto do filho. Em meio ao tumulto, Panchito era o único que permanecia afastado, olhando para tudo com incredulidade.

— Por que tem tanta gente aqui? — disse por fim, aproximando-se dela. — O papai não morreu.

— O que você está falando? — exclamou Mercedes, apertando seu pescoço com uma crueldade nervosa.

— Não. Não está morto... Quando você foi buscar a dona Romelia, eu conversei com ele.

Uma bofetada fez com que ele retrocedesse.

— Estava fora de mim! — pensou Mercedes, mordendo os nós dos dedos. — Estava fora de mim!

— Vivo? Vivo? — perguntaram os que assistiam à cena. — Quem disse que ele está vivo? Será que está? Está vivo! Está vivo!

A voz foi se estendendo, de pergunta se converteu em afirmação, de afirmação em grito. Os homens a atiravam uns aos outros como se quisessem se livrar dela. Houve um movimento geral de surpresa, mas ao mesmo tempo de decepção. E, impulsionado por aquela gritaria, Moisés abriu os olhos.

— Mercedes! — gritou. — Onde você se meteu, criatura? Me dê um copo d'água!

Mercedes sentiu sede. Espreguiçando-se no banquinho, se aproximou do jarro e bebeu. A vela continuava queimando. Voltou ao seu lugar e bocejou. Os objetos se animaram novamente em sua memória. Ali, na cama, Moisés ria com seu lábio leporino, rodeado dos vizinhos que, em vez de felicitá-lo, pareciam exigir dele alguma desculpa. Ali, no canto, Panchito cabisbaixo apertava a bochecha, vermelha. As mulheres cochichavam. Dona Romelia franzia o cenho. Foi então que o pessoal do socorro chegou.

— Mas não disseram que tinha um morto aqui? — gritou o enfermeiro, depois de ter tentado inutilmente encontrar um cadáver entre as pessoas que estavam ali.

— Parecia fantasiado — pensou Mercedes, ao se lembrar do homem de avental branco e com o gorro por cima das orelhas. — E as unhas dele eram sujas como as de um açougueiro.

— Em vez de gritar — disse dona Romelia —, você devia aproveitar para examinar o doente.

O enfermeiro auscultou Moisés, que ria por causa das cócegas. Parecia escutar dentro daquela caixa coisas assombrosas, pois sua cara ia se retorcendo, como se tivessem lhe enfiado dentro da boca um limão azedo.

— Ele não pode beber, não pode beber! — pensou Mercedes.
— Claro, isso eu também sabia.

— Nem um traguinho — disse o enfermeiro. — O coração dele está dilatado. Da próxima vez, explode.

— Sim, da próxima explode — repetiu Mercedes, lembrando da sirene da ambulância, perdendo-se à distância, como um mau presságio. Os cachorros tinham ladrado.

O quarto ficou vazio. Os homens foram se retirando de má vontade, com a vaga impressão de terem sido enganados. O último levou embora o lampião e se deliciou com isso, como se fosse um troféu. Mercedes teve que acender a vela de novo. Com o reflexo, tudo pareceu se povoar de espíritos malignos.

— Eu ainda tinha que lavar alguns lençóis — pensou Mercedes e olhou para as mãos, como se fosse necessário buscar nelas alguma razão profunda. Haviam perdido qualquer condição humana. "As mãos do enfermeiro, apesar de sujas", pensou, "eram mais macias que as minhas." Com elas, o homem cravou a injeção no traseiro de Moisés, dizendo:

— Nem uma gota de álcool. Você já sabe.

Dona Romelia também foi embora, depois de fazer um pequeno sermão que Moisés recebeu meio adormecido. Panchito fez seu pião rodar pela última vez e caiu de cansaço. Tudo ficou em silêncio. Lá fora, na tina, dormiam os lençóis sujos.

— Não vou poder abrir a quitanda! — disse Mercedes a si mesma, com certa cólera reprimida, e se levantou. Abrindo a porta que dava para o quintal, ficou olhando o varal onde os lençóis, já limpos, flutuavam como fantasmas. Às suas costas, via a vela arder, obstinada em permanecer acesa. "Que horas ela vai se apagar?", murmurou angustiada. "Estou caindo de sono", e passou a mão pela testa. "Nem uma gota de álcool", o enfermeiro disse com muita seriedade, engrossando a voz, para conferir solenidade à advertência.

Mercedes voltou para o quarto e fechou a porta. Moisés dormia com o lábio leporino aberto, tomado de um sonho. Panchito roncava com a corda do pião entrelaçada nos dedos. Se ela dormisse, por sua vez, sonharia com quê? Talvez com um imenso depósito de legumes e luvas de algodão para suas mãos calosas. Sonharia também que Panchito estava se tornando um homem a seu lado e cresceria cada vez mais diferente do pai.

A vela estava a ponto de extinguir-se. Mercedes apoiou um joelho no banco e cruzou os braços. Ainda lhe restavam alguns segundos. Enquanto estava estendendo os lençóis, olhara para a lua e sentira um calafrio. À luz da vela, ao contrário, seu coração havia se acalmado, seus pensamentos tinham se tornado luminosos e cortantes, como lâminas de punhal. "Ainda tenho tempo", pensou, e se aproximou do cesto de roupa suja. Suas mãos se afundaram naquele mar de peças alheias e ficaram brincando com elas, distraídas, como se ainda lhe restasse uma última dúvida. "Se apague, se apague", murmurou, olhando de relance o candeeiro e, sem poder explicar, sentiu uma vontade irreprimível de chorar. Por fim, mergulhou os braços até o fundo do cesto. Seus dedos tocaram a curva fria do vidro. Ela se levantou e, na ponta dos pés, caminhou até a cama. Moisés dormia. Junto à sua cabeceira estava a maleta de pedreiro. A garrafa de cachaça foi colocada ao lado do nível, do prumo, das espátulas salpicadas de gesso. Depois ela se enfiou embaixo das cobertas e abraçou o marido. A vela se extinguiu nesse momento, sem soltar um único estalo. Os espíritos malignos se foram e só restou Mercedes, acordada, esfregando silenciosamente as mãos, como se de repente elas tivessem deixado de estar rachadas.

Paris, 1953

Na delegacia

Quando o delegado saiu do pátio, entre os detentos se elevou uma espécie de murmúrio de conspiração. Inclinando-se uns sobre os outros, escondendo a boca por trás das mãos em concha, olhavam com o rabo do olho para o padeiro, cujo rosto tinha adquirido a palidez de um corpo inerte. Lentamente o burburinho foi decrescendo e, num momento inapreensível, como aquele que separa a vigília do sono, fez-se silêncio.

Martín sentiu o sangue lhe subir ao rosto. Sentia, além disso, sobre o lado direito da face, o olhar penetrante de Ricardo, visivelmente empenhado em descobrir seus pensamentos. Aos seus ouvidos chegou um sussurro:

— Anime-se, é sua oportunidade...

Martín, sem replicar, dirigiu o olhar para o meio do pátio. O padeiro continuava ali, mergulhado em silêncio. Sentindo-se enredado por todos os olhares, ajeitava sua roupa com movimentos convulsivos. Já tinha dado o nó na gravata, já enfiara as pontas da camisa nas calças e, sem se atrever a pousar os olhos num ponto fixo, descrevia com a cabeça um lento semicírculo.

— Olhe bem, é um homenzinho de nada... — continuou Ricardo, roçando sua orelha. — Você não precisa ser muito brusco...

Martín olhou para os punhos, aqueles punhos vermelhos e lenhosos que em Surquillo tinham deixado tantas más recordações. As últimas palavras do delegado repicaram em seus ouvidos: "Se algum dos presos quiser sair, tudo que tem a fazer é dar uma coça nesse miserável".

— Ele bateu na mulher… — insistiu Ricardo. — Você acha pouco? Ele deu vários pontapés nela!

— Ele estava bêbado — repetiu Martín, sem tirar os olhos do padeiro. — Quando você está bêbado… — mas se interrompeu, pois ele mesmo não acreditava em suas palavras. Era evidente que estava tentando defender uma causa perdida.

— Você quer enganar a si mesmo — disse Ricardo.

Martín olhou para o amigo, surpreso por seus pensamentos terem se revelado. O rosto miúdo e amarelado de Ricardo sorria maliciosamente. No fundo Martín o admirava, admirava sua sagacidade, suas respostas brilhantes, sua maneira otimista e despreocupada de viver, e era justamente por essa admiração que o tolerava a seu lado como uma espécie de cérebro suplementar encarregado de lhe apresentar ideias. Quando, num grupo de amigos, Martín era alvo de alguma piada, era Ricardo quem respondia em seu nome ou quem lhe soprava a resposta no ouvido. Agora, no entanto, sua presença era incômoda, pois ele sabia que seus pensamentos eram inapropriados e maliciosos.

— Estou te dizendo que ele estava bêbado! — repetiu com um tom de falsa convicção, e voltou a observar o padeiro, que tinha enfiado as mãos nos bolsos, franzindo os lábios numa tentativa de assovio e, com o rabo dos olhos, espiava o movimento dos detentos. Em suas bochechas havia marcas de arranhões.

— A mulher se defendeu — pensou Martín. — Cravou as unhas na cara do homem. Ele, por outro lado, tinha usado os pés.

— Eu só lhe dei um pontapezinho no estômago — tinha dito um pouco antes ao delegado, tentando se justificar. Insistira muito no termo "pontapezinho", como se o fato de usar um diminutivo convertesse seu golpe em carícia.

— Um pontapezinho no estômago! — repetiu Martín, e se lembrou de como doíam esses pontapés quando o bico do sapato encostava na carne. Ele, em suas incontáveis brigas, tinha dado e recebido golpes semelhantes. Como reflexo da dor, os braços caíam sobre o ventre, os joelhos se dobravam, os dentes se aferravam aos lábios e a vítima ficava indefesa para o golpe final.

— Você não vai precisar ser muito brusco... — prosseguiu Ricardo. — Basta que lhe dê um pontapezinho...

— Quer calar a boca? — interrompeu Martín, levantando o punho para o amigo. Este se retirou lentamente e olhou nos olhos dele com uma expressão maliciosa, como se estivesse prestes a disparar sua última flecha. Martín baixou a mão e sentiu um calafrio. Uma imagem, um rosto, um corpo jovem e fugidio passaram por sua mente. Quase sentiu contra o peito peludo o contato de uma mão suave, e nas narinas, um aroma fresco de mariscos. Ricardo ia abrindo os lábios com um sorriso vitorioso, como se tudo estivesse perfeitamente claro, e Martín temeu que dessa vez também tivesse adivinhado.

— Além disso... — começou. — Além disso, lembre-se de que ao meio-dia, na parada do bonde...

— Já sei! — exclamou Martín, com um gesto de rendição. Ele estava certo: ao meio-dia, na parada do bonde, Luisa o esperaria para ir à praia. Recordou suas coxas de carne dourada e lisa onde ele traçava com a unha estranhos hieróglifos. Recordou a areia quente e suja onde seus corpos semienterrados se abandonavam oscilantes num doce cansaço.

— Hoje vai fazer calor — acrescentou Ricardo. — A água deve estar quentinha...

Dessa vez, Martín não replicou. Pensava que, de fato, a água devia estar quentinha, cheia de iodo e algas-marinhas. Seria muito bom atravessar o dique a nado e chegar aos barcos dos primeiros pescadores. Luisa, da margem, o seguiria com o olhar e ele, voltando-se para ela, faria um gesto ou daria um grito alto, como o de alguma divindade marinha. Depois se deitaria de costas e se deixaria levar suavemente pela ressaca. A luz do sol atravessaria suas pálpebras cerradas.

— Dá-lhe! — disse Ricardo ao seu lado. — Aquele ali entornou o caldo.

Martín voltou a si, sobressaltado. Num canto do pátio, um jovem, de smoking, tinha posto a mão na testa e vomitava no chão.

— Deve ter bebido muito — acrescentou Ricardo e, ao observar sua camisa impecável, sua elegante gravata-borboleta, acrescentou com certo rancor: — E depois vai falar que a culpa não é dele, que o homem o provocou!

— Deve ter bebido muito — repetiu Martín maquinalmente, vendo a mancha viscosa estender-se no chão. Logo o desagradável cheiro de entranhas humanas, de processos digestivos secretos e complicados, infestou o ambiente. Os detentos que estavam ao seu lado se afastaram um pouco. Martín, apesar de tudo, não conseguia tirar o olho do sujo espetáculo. Uma atração mórbida, mescla de asco e curiosidade, o paralisava.

Era a mesma atração que sentia diante de animais mortos, de acidentes de trânsito, de ferimentos...

— Você acha que o matou? — perguntou Ricardo. — O delegado disse que o levaram com uma concussão na cabeça.

— Não sei — replicou Martín, fazendo uma careta. — Nem me fale disso — e, cobrindo os olhos, começou a pensar novamente em Luisa. Se ela ficasse sabendo que ele estava na delegacia, que faltaria ao encontro só por isso, não lhe diria nada, mas faria um bico de irritação e, sobretudo, começariam as retaliações... Muitas vezes, Luisa o repreendera e ele, de certa forma, tinha obedecido. Fazia mais de dois meses que não discutia com ninguém...

— Será que a Luisa vai acreditar em mim? — perguntou de súbito. — Ela vai acreditar se eu disser a verdade?

— O quê?

— Ela vai acreditar se eu disser que vim parar na delegacia só porque não paguei uma cerveja?

— Você está pensando em lhe dizer?

— E que outra desculpa vou dar a ela se não chegar ao meio-dia na parada do bonde?

— Ah, é mesmo, você não vai chegar.

Irritado, Martín olhou para o amigo. Queria que ele dissesse algo mais, que o contradissesse, que estimulasse, com suas respostas, seu próprio raciocínio. Mas Ricardo acendera um cigarro e, com a maior indiferença do mundo, fumava olhando o quadrilátero de sol azul por onde o sol começava a passar. Martín também olhou para o céu.

— Devem ser umas onze — murmurou Ricardo.

— Onze — repetiu Martín, e lentamente foi virando a cabeça para o meio do pátio. O padeiro continuava ali. As cores tinham voltado à sua face, mas ele seguia imóvel, prendendo a respiração, como se temesse que sua presença se tornasse muito ostensiva. O incidente do jovem nauseado tinha distraído um pouco a atenção dos detentos e ele aproveitava esses instantes para dirigir aqui e ali um olhar furtivo, como se tentasse se fiar na ideia de que o perigo havia passado. Seu olhar cruzou uns segundos com o de Martín e em seu queixo se produziu um leve tremor. Voltando ligeiramente o rosto, ficou observando-o com o canto dos olhos.

— É um covarde — pensou Martín. — Não se atreve a me encarar — e se voltou para Ricardo para dividir com ele, agitado, esse pensamento. Mas Ricardo continuava distraído, fumando seu cigarro. O mau cheiro começava a infestar o pátio.

— É insuportável! — exclamou Martín. — Deviam jogar um balde d'água ali no canto!

— Para quê? Está tudo bem aqui. Eu estou ótimo. É um lindo domingo.

— Lindo domingo!

— Você não acha? Eu não sei o que faria se estivesse na rua. Teria que ir até a praia... Que encheção! Me enfiar nos bondes lotados, depois aquela areia toda suja...

Martín olhou desconcertado para o amigo. Não sabia exatamente aonde ele queria chegar, mas suspeitava que suas intenções eram terríveis. Em seu cérebro, produziu-se uma grande confusão.

— Idiota! — murmurou e observou os punhos, cujos nós dos dedos estavam cruzados por cicatrizes. Nessa parte de suas mãos, e não nas palmas, estava escrita toda a sua história. A primeira coisa que Luisa exigia quando se encontrava com ele era que lhe mostrasse as mãos, pois sabia que elas não mentiam. Ali estava, por exemplo, aquela cicatriz em forma de cruz que os dentes do negro Mundo lhe deixaram. Naquela noite, precisamente, para fugir da polícia que se aproximava, ele se refugiou no banheiro do bar Santa Rosa. Luisa, que trabalhava atrás do balcão, veio até ele e curou sua ferida.

— Como você se meteu com esse negro? — perguntou. — Que medo, Martín! — Ele a mirou nos olhos, surpreendeu neles um lampejo de ansiedade e compreendeu, então, que ela o admirava e que algum dia seria capaz de amá-lo.

Deixou escapar um suspiro abafado do peito. Ao levantar os olhos para o pátio, se deu conta de que o padeiro estivera espiando-o e que naquele momento tentava disfarçar.

— Você percebeu? — perguntou, dando uma cotovelada em Ricardo. — Já faz um tempo que ele está me encarando!

— Não sei, não vi nada.

— Pois te juro que não tira o olho de cima de mim — acrescentou Martín, e uma espécie de cólera adormecida iluminou suas pupilas. Viu as pernas curtas e arqueadas do padeiro — provavelmente de tanto pedalar no triciclo —, as costas encurvadas, a pele curtida como casca de pão. Pensou que seria fácil liquidar um adversário dessa laia. Bastava encurralá-lo contra a parede, sair de seu raio de ação e, uma vez imobilizado, aniquilá-lo com um golpe... O sangue inundou novamente seu rosto e, muito dentro dele, numa zona indeterminada que ele nunca conseguia perscrutar, sentiu uma espécie de ansiedade nascente.

— Você acha que a Luisa vai me esperar? — perguntou, sem poder conter a excitação.

— Não sei.

— Não sei, não sei, você não sabe nada! — exclamou e procurou inutilmente um cigarro nos bolsos. O mau cheiro tinha se condensado no ar quente. O sol entrava em abundância pelo trecho do teto descoberto. Martín sentiu que em sua testa apareciam as primeiras gotas de suor e que tudo começava a adquirir um aspecto particularmente desagradável. Coisas que até o momento não tinha observado — a dureza dos bancos, o amarelado das paredes, a sujeira dos companheiros — lhe pareciam agora invasivas e insuportáveis. Na praia, ao contrário, tudo seria diferente. Deitado de bruços, sentiria um fiozinho de areia, excitante como uma carícia, que Luisa derramaria nas suas costas. As tendas vermelhas e brancas, brancas e azuis, proporcionariam alternadamente um tom festivo. Lufadas de ar quente chegariam de quando em quando e às vezes trariam com elas um cheiro de iodo e peixe...

— Isso não pode continuar assim! — exclamou. — Te juro que não pode continuar assim! — e, ao erguer o rosto, surpreendeu novamente o olhar do padeiro. — O que tanto esse imbecil olha para mim?

O suor encharcava seus olhos. O sangue, um sangue carregado de fastio e cólera, lhe tirava o fôlego. Ricardo olhou para ele com certa perplexidade, quase surpreso de que seus ânimos tivessem despertado, e em seus lábios pálidos foi se abrindo um sorriso.

— No mínimo ele acha... — comentou.

— ... que temos medo dele? — completou Martín, e em sua consciência se produziu um estalo. — Que temos medo dele? — repetiu. — Isso não! — e se levantou de um salto. — Agora chega!

Ricardo tentou contê-lo, mas foi impossível. Quando o padeiro se virou, deu de cara com Martín diante dele, com os braços caídos, a respiração ofegante, olhando-o quase grudado nele.

— Você acha que temos medo de você? — bradou. — Faz tempo que você está me olhando atravessado, com esse olho de peixe morto! — e, sem dar atenção ao balbucio de seu adversário, se dirigiu ao corredor, onde havia um policial de guarda.

— Diga ao delegado que aqui há um voluntário disposto a tirar o couro desse porco...

Depois de um minuto de silêncio, durante o qual Martín esfregou nervosamente os punhos, no pátio se produziu uma grande agitação. Os bancos foram encostados na parede, os presos formaram um ringue improvisado e logo o delegado apareceu, com as botas reluzentes e um sorriso enorme sob o bigode escuro, como quem está prestes a presenciar um espetáculo divertido. O padeiro, completamente lívido, retrocedera até um canto e ainda não conseguia articular uma palavra. Martín já tinha tirado o paletó, levantado as mangas da camisa, e em seu queixo cerrado se percebia uma resolução indomável. Ricardo ria com um ar malévolo e o jovem de smoking se esgoelava pedindo uma xícara de café.

— Mas então... é isso mesmo? — pôde afinal articular o padeiro.

No pátio se elevou um murmúrio de impaciência e escárnio por causa dessa resposta.

— Claro, covarde!
— Que comece a brincadeira!

Dois presos o pegaram pela cintura e o jogaram no meio do pátio. Martín, num dos lados, mantinha os punhos cerrados e só esperava as ordens do delegado para começar. Às vezes limpava o suor do rosto com o antebraço, e dirigia uma olhadela furtiva para o sol, como se recebesse dele, naquele momento, força e aprovação.

O padeiro tirou o chapéu e o paletó. Ultrapassado o limite físico do medo, uma resolução inesperada — a mesma que os suicidas devem sentir — transfigurou seus traços e, sem esperar ordens de ninguém, começou a dançar em volta de Martín, dando saltos ágeis para a frente e para trás, como quem se decide e depois se arrepende. Martín, solidamente aferrado ao chão, media seu adversário e só esperava que ele entrasse dentro de seu raio de ação para fulminá-lo de um golpe. O padeiro gastava suas energias nas preliminares e Martín começava a sentir um pouco de impaciência, pois se dava conta de que seu entusiasmo decaía e que havia algo de grotesco em toda a cena. Cravando o olhar no padeiro, tentou atraí-lo, tentou convencê-lo de que se aproximasse, que tudo se ajeitaria rapidamente, que aquilo era uma simples formalidade administrativa. E seu desejo pareceu surtir efeito, pois no momento menos esperado, quando entre os espectadores começavam a se ouvir algumas risadas, viu-se encurralado contra a parede e envolvido numa enorme variedade de golpes — patadas, cabeçadas, arranhões —, como se seu pequeno rival tivesse sido disparado com um estilingue. Conseguiu se afastar dele com grande esforço. Sentia os lábios doendo. Ao apalpá-los, viu os dedos manchados de sangue. Então tudo escureceu. A última coisa de que se lembra é a cara do padeiro com os olhos fora das órbitas, retrocedendo ao banco, e três socos consecutivos que ele projetou contra essa máscara branca, entre uma saraivada de protestos e aplausos.

Depois vieram os abraços, os insultos, a sucessão de rostos assustados ou radiantes, as perguntas, as respostas... O delegado o convidou a tomar um café em sua sala e, antes de despedir-se, amigavelmente lhe deu tapinhas nas costas.

Como quem desperta de um sonho, de repente se viu livre, na rua, no próprio meio-dia de domingo sob um sol violento que abrasava a cidade. Adotando um ligeiro trote, começou a se dirigir rapidamente à parada do bonde. O ritmo de sua corrida, no entanto, foi decrescendo. Logo abandonou o trote pelo passo, o passo pelo passeio. Antes de chegar, já se arrastava quase como um velho. Luisa, na plataforma da parada, remexia em sua sacola de banho. Martín olhou para os punhos, nos quais novas marcas haviam aparecido e, envergonhado, enfiou as mãos nos bolsos, como um estudante que tenta esconder de seu professor as manchas de tinta.

Paris, 1954

A teia de aranha

Quando María ficou sozinha no quarto, depois que Justa partiu, experimentou uma estranha sensação de liberdade. Parecia que o mundo havia se dilatado, que as coisas de repente tinham se tornado belas e que seu próprio passado, observado desse ângulo novo, era apenas um pesadelo passageiro. Já às dez da noite, ao sair furtivamente da casa da patroa, com a trouxa de roupa debaixo do braço, pressentiu que uma época de independência se avizinhava. Depois, no táxi, com Justa cantarolando ao lado dela, permaneceu muda e absorta, embriagada pela aventura. Mas foi só agora, ao encontrar-se nesse quarto perdido, ignorada pelo mundo inteiro, que tomou consciência de sua imensa liberdade.

Isso duraria pouco, no entanto, talvez dois ou três dias, até que encontrasse um novo trabalho. Felipe Santos, seu protetor, havia prometido. Ela não conhecia, porém, esse Felipe Santos do qual lhe falara Justa, a empregada da casa vizinha.

— Essa noite ele vai vir aqui te ver — dissera Justa antes de sair. — Esse quarto é de um irmão dele que é policial e está trabalhando. Você pode ficar aqui até ele te conseguir um emprego novo.

— Vou ficar aqui — disse María a si mesma, observando o quarto que parecia abraçá-la com suas paredes brancas. Havia uma cama, um espelho pendurado na parede, um caixote que fazia as vezes de mesinha e uma cadeira. É claro que na casa de dona Gertrudis tinha mais conforto e até um armário cheio de cabides. Mas, por outro lado, aqui ela não tinha nenhuma obrigação. E isso já era suficiente.

— Amanhã — pensou ela —, quando o caminhão do lixo chegar, a dona Gertrudis vai se dar conta de que eu fui embora — e se deleitou com essa ideia, como se fosse uma brincadeira que a antiga patroa nunca perdoaria.

Abrindo a bolsa, tirou um pente e começou a ajeitar o cabelo diante do espelho.

— Esse Felipe Santos precisa me achar decente — pensou. — Assim pode me indicar para trabalhar numa boa casa, cheia de carros e televisores.

Seu rosto redondo como uma abóbora apareceu ligeiramente rosado no espelho. Era a emoção, sem dúvida. Um fino buço margeava seu lábio proeminente, aquele lábio que o patrãozinho Raúl tantas vezes se obstinara a beijar colando neles os seus, pálidos e ressecados.

— Aqui o Raúl nunca vai te encontrar — Justa acrescentara antes de sair, como empenhada em dar a María o máximo de garantias. — Quanto a isso, pode ficar tranquila.

— E se me encontrasse? — perguntou-se María, e inconscientemente olhou para a porta, na qual havia passado o grosso ferrolho.

— Eu vou te seguir aonde quer que você vá — ele lhe jurou certa noite, encurralando-a contra o tanque, como se pressentisse que algum dia ela haveria de fugir.

— Aquele desgraçado, com aquele jeito de tísico — pensou María, e continuou penteando o cabelo preto e rebelde. De trás do espelho, surgiu uma aranha de patas compridas. Deu um breve passeio pela parede e regressou ao seu esconderijo.

— O patrãozinho era louco por aranhas — María lembrou na mesma hora. Levando-a ao jardim, obrigava-a a segurar as escadas para ele, enquanto espiava as copas dos ciprestes. Ele mesmo sempre lhe pareceu uma espécie de aranha enorme, com suas longas pernas e sua sinistra maneira de espreitá-la pelos cantos. Ela já tinha ouvido falar a seu respeito na casa do negro Julio, aonde chegara de Nazca com uma carta de recomendação. O negro Julio não queria que ela trabalhasse.

— Você ainda é muito bobinha — dizia, olhando-a com pena.

Mas sua mulher, uma negra gorda e impetuosa que tinha dado doze crianças ao mundo, estrilava:

— Bobinha? Eu trabalho desde os doze e ela já tem dezesseis. Ela tem que começar de empregada em algum canto.

E assim, da noite para o dia, María começou a trabalhar na casa de dona Gertrudis. Foi precisamente no dia que começou, depois do almoço, que viu o patrãozinho Raúl.

Ela estava esfregando o chão da cozinha quando ele chegou da rua.

— Me olhou de rabo de olho — pensou María — e nem mesmo respondeu ao meu cumprimento.

Bruscamente, voltou à realidade: na porta soaram três batidas nítidas.

— Será que é o Felipe Santos? — perguntou-se e, depois de se olhar no espelho, avançou em silêncio em direção à porta.

— Sou eu, a Justa! — gritou uma voz do outro lado. — Tinha esquecido de te falar uma coisa!

María abriu a porta e a *chola* Justa entrou balançando os quadris mirrados.

— Voltei de lá do ponto porque esqueci de te dizer que talvez o Felipe demore um pouco. Ele tem que ficar até tarde na padaria, então você precisa esperar. Agradeça a ele e também fale que você sabe cozinhar. Assim é mais fácil que ele te consiga trabalho. Outra coisa: aqui na esquina tem uma vendinha. Se você ficar com fome, pode ir comprar um pão com mortadela. Mas vá rápido, que fecha às onze.

María ficou novamente sozinha. Observou sua cabeleira no espelho. O patrãozinho Raúl se aproximava da janela para vê-la se pentear.

— Vá embora daqui! — gritava ela. — Sua mãe pode te ver!
— E daí? Eu gosto de ficar vendo você se pentear. Você tem um cabelo lindo. Devia fazer um coque.

À noite, quando ela ia nos fundos da casa para estender a roupa, ele a abordava de novo.

— Mas você não tem o que fazer?
— E o que você tem com isso?
— Você devia estar estudando...
— Quero ficar com você!

Quando Justa, a quem ela conhecera certa manhã enquanto varria a calçada, ficou sabendo disso, começou a rir.

— Todos são assim, uns espertos! Acham que a gente é o quê? Eu também, numa casa em que trabalhei, tinha um que me perseguia dia e noite, até que lhe dei um tapa. A melhor coisa é não dar bola. No fim, eles se cansam e vão cantar em outro terreiro.

A aranha saiu de seu esconderijo e começou a percorrer a parede. María a viu aproximar-se do teto. Ali se deteve e começou a esfregar as patas, uma contra a outra, como tomada por um mau pensamento.

Aproximando-se de sua sacola, María pegou algumas roupas e começou a estendê-las em cima da cama. Seus vestidos estavam amarrotados e, além disso, cheiravam a coisa velha, a dias que ela não queria recordar. Ali estava a saia xadrez que ela mesma costurou e o casaco rosa, presente de dona Gertrudis. Quando o usava, justo no corpo, os homens a olhavam pelas ruas e até o *chino** da vendinha, que parecia assexuado, a paquerava. Raúl, por sua vez, se aferrava a esse detalhe para constrangê-la com frases picantes.

— Em você fica melhor do que nas minhas irmãs. Eu podia te dar muitos iguais a este.

— Você é um sem-vergonha. Vá se meter com os seus!

— O melhor é não dar bola! — María se lembrou do conselho de Justa. A indiferença era ainda mais perigosa, no entanto, pois era considerada como um assentimento tácito. A coisa piorava a cada dia. Em dois meses, sua vida se tornou insuportável.

— Desde as sete da manhã! — exclamou María, espremendo a roupa entre as mãos, como se quisesse aplicar nela uma vingança impessoal e tardia.

De fato, às sete da manhã, hora em que se levantava para pôr na calçada o latão de lixo, o patrãozinho Raúl já estava de pé. Àquela hora, dona Gertrudis estava na missa e as irmãs ainda dormiam. Aproveitando aquela solidão momentânea, Raúl tentava passar das palavras à ação.

— Eu vou contar para a sua mãe! — ela gritava, enfiando-lhe as unhas. A cozinha fria foi cenário de muitos combates, que geralmente terminavam quando uma cadeira derrubada no chão ameaçava despertar as irmãs. Raúl fugia como um sátiro vencido, chupando o sangue dos arranhões.

— Caramba! — exclamou Justa ao ficar sabendo dessas cenas, com uma surpresa que provinha mais da resistência de

---

* *Chino*: no Peru, qualquer pessoa que seja descendente de povos asiáticos. [N. T.]

María do que da tenacidade de Raúl. — Isso não é nada bom. Se continuar assim, você vai ter que contar para a mãe dele.

María sentiu a barriga roncar. Devia ser onze da noite e a venda já tinha fechado. Por um momento, decidiu ir à rua para procurar algum bar aberto. Mas aquele bairro desconhecido lhe inspirava medo. Havia passado, de táxi, por um bosque, depois por uma avenida de árvores altas, em seguida o carro entrou em ruas retas, onde as casas de uma assustadora uniformidade não podiam abrigar outra coisa além de existências medíocres. O centro da cidade não devia estar longe, pois, contra a neblina baixa, ela tinha divisado os reflexos de placas luminosas.

— Vou esperar até amanhã — disse, e, bocejando, sentou-se na beira da cama. A aranha continuava imóvel junto ao teto. Perto da lâmpada, uma mariposa acinzentada rodopiava em grandes círculos concêntricos. Às vezes se estrelava contra o teto baixo com um golpe seco. Parecia beber a luz em grandes goladas.

— Sim, não há mais remédio — dissera-lhe Justa, quando ela lhe confiou certo dia que o patrãozinho Raúl havia ameaçado entrar em seu quarto à noite. — Conte para a mãe dele.

Dona Gertrudis recebeu a notícia sem uma palavra. Parecia estar acostumada a esse tipo de queixa.

— Volte ao seu trabalho. Pode deixar comigo.

Alguma coisa ela deve ter falado para o filho, pois este permaneceu uma semana ignorando-a por completo.

— Nem sequer me olhava — lembrou-se María. — Passava do meu lado assoviando, como se eu fosse uma estátua.

Na porta, escutou algumas batidas apressadas. María se sobressaltou. Outra vez? Será que já era o Felipe Santos? Sem sair do lugar, perguntou timidamente:

— Quem é?

Como resposta, escutou outras batidas. Depois, uma voz exclamou:

— Tomás? Você está aí?

María se aproximou e colou o ouvido à porta.

— Abra, Tomás!

— Aqui não tem nenhum Tomás.

— Quem é você?

— Estou esperando o Felipe Santos.

— Bom, pois se você vir o Tomás, diga a ele que o Romualdo veio convidá-lo para uma festa.

Os passos se afastaram. O incidente não tinha a menor importância, mas María se inquietou, como se a segurança de seu esconderijo já tivesse sofrido uma primeira violação. Voltando-se lentamente, ficou apoiada na porta. Desejava com urgência que seu protetor chegasse. Queria lhe perguntar quem era esse Tomás e por que vinham estranhos bater à porta. As paredes do quarto lhe pareceram revestidas de uma espantosa palidez.

A excitação e o cansaço a levaram à cama. Queria apagar a luz, mas um instinto obscuro lhe advertiu que era melhor permanecer com a luz acesa. Uma ligeira insegurança, que surgiu por causa de vários motivos secundários (a aranha, o bosque que atravessara, o dedilhar de um violão que chegava de um quarto distante), foi atravessando-a de parte a parte. Só agora pareceu compreender que o que ela tomara no início por liberdade no fundo era apenas um enorme desamparo. Na casa de dona Gertrudis, pelo menos, se sentia acompanhada.

— E como vão seus assuntos? — perguntou Justa, tempos depois.

— Ontem começou de novo — respondeu María. — Enquanto eu estendia a roupa, ele tentou me abraçar. Eu dei um grito, e ele quase me dá uma bofetada.

A aranha começou a andar obliquamente em direção ao foco de luz. Às vezes ela parava e mudava de rumo. Parecia atormentada por uma grande dúvida.

— Pois então vou falar com o Felipe Santos — disse Justa.

— Foi a primeira vez que ouvi falar dele — pensou María.

— É um amigo meu que mora aqui perto — esclareceu Justa. — Tem uma padaria e é muito bom. Ele vai conseguir te arranjar um trabalho.

Essa simples promessa tornou sua vida mais tolerável e lhe permitiu suportar com alguma leveza o assédio do patrãozinho Raúl. Às vezes até se divertia, brincando com ele, dando-lhe certas esperanças, tendo certeza de que, ao não cumpri-las, executava uma vingança digna dos riscos que corria.

— Assim é que eu gosto de te ver, dando risada — dizia Raúl. — Logo, logo você vai perceber que comigo você não vai perder tempo.

E ela, com alguma promessa tola, dotada do cálculo mais refinado, o mantinha a certa distância, enquanto se aproximava a data de sua partida.

— Já falei com o Felipe — disse Justa certa tarde. — Ele disse que vai poder te ajudar. Também disse que te conhece.

— Deve ter me visto passar quando eu ia à mercearia — pensou María. — Muito estranho que eu não tenha visto ele!

— E até quando eu vou te esperar? — repreendeu-a um dia Raúl. — Ontem fiquei no jardim até as onze e você... nada.

— Sexta à noite — assegurou María. — Te juro que não estou te enganando. Dessa vez não vou faltar.

Justa lhe dissera, naquela manhã:

— Já está tudo combinado. O Felipe disse que pode arranjar um trabalho para você. Na sexta à noite, você vai pegar suas coisas e sair sem dizer nada à dona Gertrudis. Ele tem um quarto desocupado em Jesús María, onde você pode ficar até que ele avise.

Na sexta à noite, fez uma trouxa com sua roupa e, quando todos dormiam, saiu pela porta dos fundos. Justa a esperava para levá-la ao quarto. Pegaram um táxi.

— O Felipe me deu um dinheiro para a corrida — disse. — Eu vou voltar de ônibus, para economizar.

Ela não respondeu. A aventura a deixara perturbada. Ao abandonar seu bairro, ela achou que seus dias ruins ficariam enterrados para sempre, que uma vida de liberdade, sem obrigações nem ordens ou faxinas diárias na cozinha, se abria diante dela. Atravessou um bosque, uma avenida de árvores altas, casas uniformes e sombrias, até esse pequeno quarto onde a intimidade tinha sido para ela uma primeira revelação.

Em poucos minutos, no entanto, seu otimismo diminuíra. Alguma coisa acontecia em seu íntimo: pequenos deslocamentos de imagens, um lento jogo de suspeitas. Um mal-estar repentino a obrigou a se sentar à beira da cama e a espiar os objetos que a rodeavam, como se eles tivessem lhe reservado alguma surpresa maligna. A aranha havia regressado a seu canto. Aguçando a vista, descobriu que ela tinha tecido uma teia, uma teia enorme e bela como uma toalha rendada.

A espera, sobretudo, lhe produzia uma inquietação crescente. Tentou por um momento se refugiar numa recordação agradável, tentou filtrar todo o seu passado até encontrar um ponto de apoio. Pensou com fervor em seus dias em Nazca, no pai a quem jamais conheceu, na mãe que a enviava à praça para vender peixe, em sua viagem a Lima no teto de um caminhão, no negro Julio, na casa de dona Gertrudis, na *chola* Justa requebrando os quadris mirrados, nesse Felipe Santos que não chegava nunca... Apenas neste último seu pensamento se deteve, como extenuado por uma busca infrutífera. Era a única pessoa em quem podia confiar, a única que podia lhe oferecer amparo naquela cidade estranha para ela, sob cujo céu tingido de luzes vermelhas e azuis as ruas se entrecruzavam como a teia de uma gigantesca aranha.

A porta soou pela terceira vez e agora María não teve dúvidas de que se tratava de seu protetor. Diante do espelho, ajeitou rapidamente os cabelos e abriu o ferrolho.

Na penumbra do beco apareceu um homem que a olhava sem falar nada. María retrocedeu uns passos.

— Eu sou o Felipe Santos — disse enfim o homem, e, entrando no quarto, trancou a porta. María pôde observar seu rosto de cinquentão e suas pupilas cravadas nela, por entre as pálpebras inchadas e caídas.

— Eu te conheço — prosseguiu o homem, aproximando-se.
— Eu te via passar quando ia até a mercearia... — e chegou tão perto dela que María sentiu sua respiração pesada abrasando-lhe o rosto.

— O que você quer?

— Eu quero te ajudar — respondeu ele sem retroceder, arrastando as palavras. — Desde que te vi, pensei em ajudar. Você ainda é muito nova. Quero ser como um pai...

María não soube o que responder. Olhou para a porta, com o ferrolho passado. Atrás dela estava a cidade com suas luzes vermelhas e azuis. Se abrisse a porta, aonde poderia ir? Em Justa não confiava mais, e a noite já devia ter caído.

— Você não quer que eu te ajude? — prosseguiu Felipe. — Por que você não quer? Eu sou bom. Tenho uma padaria, a

Justa já deve ter te contado. Olhe só: até te trouxe um presentinho. Uma corrente com uma medalhinha. É de uma virgem muito milagrosa, sabe? Olhe como ela é linda. Vou pendurar no seu pescoço para você ver como fica bem.

María levantou o queixo lentamente, sem oferecer resistência. Em seu gesto havia uma rara passividade. Logo sentiu aquela mão envelhecida tocando seu pescoço. Então se deu conta, sem precisar pensar muito, de que seu voo tinha terminado e que essa correntinha não era um presente, era mais como uma rede que a unia a um destino que ela nunca procurou.

Paris, 1953

O primeiro passo

Danilo pensou que, se sua mãe não tivesse morrido, que se não fosse pela briga na qual perdeu os dentes, que se não tivesse somente aquele terno verde, não teria de estar a essa hora no bar, com o olho cravado no pêndulo do relógio e o espírito tomado pela espera. Mas, por causa de tudo aquilo, horas mais tarde estaria dentro de um ônibus, rumo ao Norte do país, recostado no ombro de Estrella. Da janela, veria a praia, amarela e interminável, como uma paisagem lunar. Tudo isso ia acontecer. Parecia mentira. Ia acontecer porque tinha perdido os dentes numa briga, porque Panchito o descobrira rondando o bilhar sem um tostão furado.

Seu consentimento lhe custara no início um pouco de esforço. Panchito o acossara dia e noite, até acabar com todos os seus escrúpulos. Sua resistência primitiva, no entanto, não provinha de nenhuma razão moral. No fim, para ele, os *demais* não tinham importância alguma. Ele estava acostumado a sair correndo dos táxis para não pagar a corrida, a enfiar um tablete de manteiga no bolso quando o *chino* da venda lhe dava as costas. Prejudicar o próximo à base de astúcia — fazer uma *crioulada*, como ele dizia — jamais lhe produzira o menor remorso. Pelo contrário, proporcionava-lhe um regozijo secreto que ele nunca conseguiu esconder. Agora, no entanto, a empreitada era mais vasta; os riscos, maiores; as vítimas, numerosas e anônimas. Era necessário agir com a mais absoluta cautela.

Danilo observou à sua volta, como se acreditasse que a temeridade de seus pensamentos fosse criar nele uma expressão suspeita. Aquele bar era discreto, para seu alívio. Nas mesas vizinhas, grupos de empregados jogavam dados ruidosamente, encompridando com uma alegria um pouco infantil as delícias de sua noite de sábado. Lá dos fundos chegava uma discussão sobre futebol. No balcão, dois homens riam bebendo cerveja. O barulho dos dados, o estrépito dos brindes, criavam uma atmosfera um pouco agitada mas no fundo burguesa e tolerável. Danilo se sentiu bem ali, amparado por essa companhia pacífica, cuja única preocupação naquele momento era o medo de que a conta fosse alta ou o temor de que seu time fosse rebaixado.

No espelho do fundo, Danilo observou seu rosto redondo e pálido. Estrella, acariciando-o, dizia-lhe às vezes que tinha cara de bebê. Sua barba se resumia a quatro fiapos, uma penugem. Em suma, era um rosto que inspirava confiança. Danilo pensou que isso seria uma vantagem enorme. Panchito havia insistido nesse detalhe para convencê-lo.

— Além disso — dizia-lhe, segurando seu queixo —, você tem cara de mosca morta.

Danilo sorriu e enfiou a língua na sua dose de pisco. Tinha pedido uma boa marca, porque Panchito pagaria. Panchito sempre pagava. Nunca lhe faltavam nos bolsos algumas centenas de *soles*. Além disso, vestia-se bem, sempre envolvendo o corpo raquítico e magro nos melhores tecidos ingleses.

— Você sabe, a presença... — dizia, ajeitando a gravata. — A presença é essencial nos negócios.

Ele também poderia finalmente tirar esse horripilante terno verde. A falta de roupa sempre lhe causara aborrecimentos. Festas às quais não podia ir, garotas que jamais voltara a ver, pois, enquanto lhes falava, elas não tiravam o olho do colarinho encardido de sua camisa. Toda essa miséria ia terminar naquela noite — Panchito tinha marcado com ele às três da manhã —, quando ele fizesse o serviço. Os lucros que ele obteria não eram, por outro lado, o único incentivo dessa aventura. A aventura em si mesma, com todos aqueles perigos imprevisíveis, lhe produzia uma espécie de excitação. Ele já se imaginava viajando incógnito, conhecendo cidades distantes, encontrando-se com pessoas desconhecidas, elevando a realidade à altura de sua imaginação.

Um dado, escapando do copo de jogo, rodou para baixo de sua mesa. Danilo hesitou por um momento antes de pegá-lo. Ele não gostava de fazer favores porque a gratidão alheia lhe parecia ofensiva. Por fim, decidiu-se e o pegou entre os dedos. Era o maior número. Imediatamente interpretou o incidente como um bom presságio. Era um velho hábito seu tentar surpreender nos objetos que o rodeavam os mistérios do destino. Às vezes a sugestão de um número, as letras de um letreiro luminoso, a direção que uma pedra seguia ao ser chutada eram para ele argumentos mais convincentes do que qualquer pensamento. Esse dado caído milagrosamente aos seus pés era mais do que um sinal de alento: era a cumplicidade do destino. Danilo desejou que Panchito estivesse naquele instante a seu lado para lhe dizer que contasse sempre com ele, que trabalharia cegamente sob suas ordens. Mas Panchito se demorava, estava atrasado, como sempre. Para piorar, se ele não viesse, Danilo se veria em apuros para pagar sua dose de pisco.

Danilo voltou a olhar ao redor. Os empregados continuavam jogando dados; os homens do balcão, bebendo cerveja. Seus hábitos moderados, sua alegria medíocre e hebdomadária, começavam a deixá-lo irritado. No fundo, ele os desprezava porque careciam de espírito de revolta, porque haviam se habituado aos horários de trabalho e às férias regulamentares. Em seus gestos, em seu vocabulário, em seus bigodes já havia uma espécie de deformação profissional. Recordou quase com orgulho que ele nunca tinha ficado mais de dois meses num emprego. Sempre preferiu a liberdade, com todas as suas privações e todos os seus problemas. Ser livre — que consistia para ele em vadiar pelos cafés e pelos bilhares procurando um conhecido que lhe oferecesse um cigarro ou lhe emprestasse cinco *soles* — era uma de suas ocupações favoritas e uma de suas grandes tarefas. A elas dedicava o melhor de seu talento.

O relógio marcou três e meia e Danilo temeu que Estrella fosse embora ou, pior ainda, que se comprometesse com algum cliente. Ele lhe recomendara que naquela noite não saísse do bar e que esperasse seu telefonema, pois tinha algo importante a comunicar. Esteve a ponto de lhe dizer: "Fique me esperando pronta, que vamos fazer uma viagem". Mas talvez tenha sido melhor não ter adiantado nada. Panchito lhe pedira para ser discreto. "Não precisamos enfiar as mulheres na dança", era o conselho que sempre tinha na ponta da língua.

Estrella, no entanto, não era uma mulher como as outras. Para começar, era feia, o que quase equivalia a uma garantia de fidelidade. Panchito lhe perguntara como podia estar apaixonado por aquele bagre. Mas por acaso ele estava apaixonado? Já tinha pensado nisso muitas vezes. Era algo diferente, sem sombra de dúvida, algo primitivo e violento, talvez mais poderoso que o próprio amor. Uma atração mórbida, às vezes humilhante, que desaparecia ou se multiplicava de acordo com as flutuações de seu humor. A casa de dona Perla, por outro lado, com seus bêbados, seu cheiro de desinfetante, seus biombos, suas litografias da Virgem se alternando com figuras obscenas, era muito adequada para a natureza de sua paixão. Danilo pensou por um momento como Estrella seria fora daquele lugar: será que perderia um pouco de sua vitalidade ao ser tirada dali?

Nesse momento, a porta do bar girou e Panchito apareceu. Usava um impermeável, apesar de não estar chovendo, e um chapéu cinza jogado sobre a orelha. Sentando-se diante de Danilo, pôs em cima da mesa um maço de Lucky.

— Que estorvo! — exclamou. — O trabalho está aumentando. Não tenho um minuto de descanso.

Danilo o observou. Viu como seus olhos, sob a aba do chapéu, vasculhavam o bar, com movimentos rápidos e seguros. No dedo anular, tinha uma grossa argola de ouro. Danilo olhou para a sua mão pequena e curtida e achou que ela estava tremendo. Levantando o rosto, seguiu a direção do olhar de Panchito, que estava pousado no fundo da sala, num ponto indefinido.

— Alguma novidade? — perguntou.

Panchito voltou bruscamente a cara para ele e sorriu com todos os dentes. Seu rosto, no entanto, parecia coberto por uma camada de cinzas.

— Está um pouco frio e a neblina me ensopou até os ossos — respondeu, esfregando os olhos sem parar. — Não me sinto muito bem... — acrescentou, e tentou acender um cigarro.

Danilo observou novamente à sua volta, como se de repente algo tivesse mudado e fosse necessário comprová-lo. Tudo continuava igual, no entanto. Talvez o rosto dos empregados começasse a se afilar como o dos noctívagos, e os homens do balcão estavam um pouco bêbados. Danilo esperou que Panchito começasse a falar, mas, longe de fazê-lo, seu companheiro tinha dobrado a cabeça contra o peito e permanecia na posição de um homem que reflete ou que dorme. O medo de ter perdido sua confiança, de que tivesse descoberto que Estrella também estava envolvida, invadiu Danilo. Já via seus projetos se esfumarem, e uma súbita amargura o fez imitar o gesto profundo de seu amigo. Logo sentiu, no entanto, que Panchito o pegava pela manga e inclinava o rosto por cima da mesa. Ao observá-lo, notou que minúsculas gotas de suor resvalavam por sua testa.

— Temos que andar rápido — disse em voz baixa. — Meu impermeável está carregado, como você deve ter percebido... Temos que andar rápido. Você já sabe o que precisa fazer. Vou tirar a capa para ir ao banheiro. Depois me mando pela porta dos fundos... Não é por nada, mas sempre é melhor tomar precauções. Você fica um tempinho aqui e depois vai para o hotel até que o ônibus saia, com o impermeável, é claro...

Danilo assentiu com a cabeça, um pouco surpreso, mas no fundo admirado pela habilidade do colega. Pensou que dali para a frente tinha muito a aprender com ele. Viu Panchito se levantar com o cigarro entre os lábios, deixar a capa de chuva na cadeira e se dirigir ao banheiro, fazendo o gesto de abrir a braguilha. Pouco depois, viu-o desaparecer pela porta lateral, sem nem ao menos dar uma olhadela em sua direção.

Danilo ficou novamente sozinho. Seu olhar pousou no impermeável, abandonado na cadeira numa posição um pouco indolente, de coisa esquecida. De seu peito, escapou um suspiro profundo. A ansiedade contida enfim transbordava. A missão fora dada, agora só faltava cumpri-la. Teve a tentação momentânea de tomar outro trago, mas começava a se sentir um pouco cansado. Além disso, tinha de ir ver Estrella. Permaneceu sentado por mais um tempo, rememorando a cena que acabara de ocorrer, pensando na importância de sua missão. O destino dos trabalhadores, que nesse momento levantavam a voz, pareceu-lhe, em comparação com o seu, miserável e ridículo. Eles encarnavam a normalidade, a ordem, o bom senso, a ínfima folga semanal... Ele, ao contrário, acabava de ingressar no círculo dos grandes empreendimentos secretos, no domínio da clandestinidade. Levantando-se, pegou o impermeável e lançou um olhar de soberba ao seu redor. Teve vontade de cuspir à sua volta.

Depois de deixar uma libra na mesa — já começava a mostrar-se magnificente —, jogou a capa nos ombros, com uma naturalidade que surpreendeu até a si mesmo. Notou que era pesada, como se tivesse o bolso cheio de pedras.

Com passos firmes, atravessou a porta e parou diante do bar, um pouco indeciso. Optou por ir a pé até a casa de dona Perla. Estrella devia estar impaciente. Com a cabeça erguida, começou a andar, atravessando a neblina. Pensou que daqui a algumas horas já estaria dentro do ônibus, atravessando as praias de areia amarela. Tudo isso aconteceria porque conhecera Panchito, porque sua mãe havia morrido, porque tinha um terno verde... Seu olhar se deteve nas casas, nos letreiros dos bares, nas luzes no topo dos edifícios, com essa vaga melancolia que precede toda viagem. Voltando o rosto, viu dois homens que caminhavam atrás dele. A neblina o impediu de perceber que eram os mesmos que antes estavam bebendo cerveja no bar. Em silêncio, tinham começado a segui-lo.

Paris, 1954

Reunião de credores

Quando o sino da igreja de Surco bateu as seis da tarde, *don* Roberto Delmar abandonou a entrada de sua mercearia e, sentando-se atrás do balcão, acendeu um cigarro. Sua mulher, que estava espiando-o lá dos fundos, pôs a cabeça por entre as cortinas:

— Que horas eles vão chegar?

Don Roberto não respondeu. Tinha os olhos fixos na porta de entrada, por onde se via um pedaço de rua sem asfaltar, a grade de uma casa, alguns garotos jogando bolinha de gude.

— Não fume tanto — prosseguiu sua mulher. — Você sabe que o cigarro te deixa nervoso.

— Me deixe em paz! — ele exclamou, dando uma palmada no balcão. Sua mulher desapareceu sem dizer uma palavra. Ele continuou olhando a rua, como se ali estivesse se desenvolvendo um espetáculo apaixonante. Os credores daqui a pouco chegariam. As cadeiras já estavam arrumadas. A simples ideia de vê-los sentados ali, com seus relógios, seus bigodes, suas bochechas, o exacerbava. "É preciso conservar a dignidade", repetia a si mesmo, "é a única coisa que eu ainda não perdi." E seu olhar inspecionava rapidamente as quatro paredes da loja. Nas prateleiras de madeira sem pintura, viam-se inúmeros produtos comestíveis. E também barras de sabão, panelas, brinquedos, cadernos. O pó havia se acumulado nos objetos.

Às seis e cinco, uma cabeça enterrada na ponta de um pescoço ostensivamente comprido assomou pelo umbral.

— A mercearia de Roberto Delmar?

— Aqui mesmo.

Entrou um homem alto com uma pasta debaixo do braço.

— Sou representante da companhia Arbocó, Sociedade Anônima.

— Encantado — replicou *don* Roberto, sem sair do lugar. O recém-chegado deu uns passos pela loja, arrumou os óculos e começou a observar a mercadoria.

— Isso é tudo que há?

— Sim, senhor.

O representante fez uma careta de decepção e, sentando-se, começou a mexer em sua pasta.

Don Roberto fixou novamente o olhar na porta. Sentia uma curiosidade vívida em observar o recém-chegado, mas se controlava. Achava que isso seria um sinal de fraqueza, ou no mínimo de condescendência. Preferia se manter mudo e digno, na atitude de um homem que deve pedir contas em vez de apresentá-las.

— De acordo com as promissórias que tenho em meu poder, sua dívida com a Arbocó, Sociedade Anônima, remonta à cifra...

— Por favor — interrompeu *don* Roberto. — Prefiro que o senhor não fale de números até que os outros credores cheguem.

Um homem baixinho e gordo, usando um chapéu-coco, atravessou a entrada nesse momento.

— Boa tarde — disse e, jogando-se numa cadeira, ficou imóvel e calado, como se tivesse adormecido. Pouco depois, pegou um papel e se pôs a traçar números.

Don Roberto começou a sentir uma espécie de irritação. O cigarro lhe deixara a boca amarga. Às vezes, lançava aos credores um olhar furtivo e voraz, como se quisesse apreendê-los e aniquilá-los com uma simples ação. Sem saber nada da vida deles, no íntimo os detestava. Ele não era homem de sutilezas para saber diferenciar entre uma empresa e seus funcionários. Para ele, aquele homem alto e de óculos era a companhia Arbocó em pessoa, vendedora de papel e panelas. O outro homem, porque era obeso e aparentava comer bastante, devia ser a fábrica de espaguetes La Aurora, de paletó e chapéu-coco.

— Eu queria saber... — começou a fábrica de espaguetes — ... quantos credores foram convocados para essa reunião.

— Cinco! — replicou Arbocó, sem esperar a resposta do merceeiro. — Cinco! De acordo com a convocação que está na minha pasta, somos cinco que detemos os créditos.

O homem gordo agradeceu com um gesto e continuou concentrado em seus números.

Don Roberto abriu outro maço de cigarros. Pensou por um momento que teria sido melhor entrecerrar a porta, pois sempre era possível que entrasse algum cliente e percebesse o que estava acontecendo. No entanto, sentia certa resistência a se levantar, como se o menor movimento fosse lhe causar uma enorme perda de energia. Naquele momento, ele achava que permanecer imóvel era um dos motivos de sua força.

Um garoto com alguns livros debaixo do braço entrou rapidamente no estabelecimento. Ao ver aqueles estranhos visitantes, ficou como paralisado.

— Boa tarde, papai — disse por fim e, atravessando a cortina, se perdeu nos fundos da loja. Lá de dentro, chegou um rumor de vozes.

Don Roberto, com um ato mecânico, olhou para o pulso esquerdo, onde só se via uma faixa de pele clara. Uma súbita vergonha o assaltou, ao imaginar que os credores podiam ter percebido esse gesto. No entanto, eles tinham iniciado uma conversa tediosa.

— Arbocó? — perguntava o gordo. — Fica ali na avenida Arica?

— Não! Essa é a Arbicó — replicou o outro, sensivelmente ofendido pela confusão.

Os outros credores ainda não tinham aparecido, e *don* Roberto começou a sentir uma impaciência crescente. Eles, sim, sabiam se fazer esperar, e em troca eram incapazes de lhe conceder alguns meses de mora. Em sua irritação, confundia a pontualidade das reuniões com a dos prazos judiciais, os atributos dos homens com o das instituições. Estava a ponto de incorrer em outros erros, quando dois homens entraram conversando animadamente.

— Fábrica de cimento Los Andes — disse um deles.

— Balas e chocolates Marilú — disse o outro e, sentando-se, continuaram a conversa.

"Cimento... balas", repetiu *don* Roberto maquinalmente, e repetiu várias vezes, como se lhe fossem palavras estranhas para as quais era necessário encontrar um significado. Lembrou-se da ampliação da loja, que teve de ser suspensa por falta de cimento. Lembrou-se dos pacotes de balas numerados de 1 a 20. Lembrou-se do italiano Bonifácio Salerno...

— Bom, quem está faltando? — perguntou um deles.

Don Roberto regressou de seu mundo interior. O homem do cimento olhava para ele, esperando sua resposta. Porém Arbocó já tinha consultado sua pasta, e respondeu:

— De acordo com os documentos que tenho na minha pasta, o que falta é Ajito. A-j-i-t-o, é assim que se fala! É um japonês de Callao.

— Obrigado — respondeu o interessado. E voltando-se para seu companheiro, acrescentou: — Nesse caso, não se pode falar de cortesia oriental.

— Pelo contrário — replicou o outro. — O tal japonês, pelo nome, parece mais peruano que... que o *ají*.*

Os representantes riram. Sua cumplicidade de credores pareceu precisar dessa piada fácil para se tornar evidente. Os quatro começaram a falar animados de suas empresas, de seus créditos, de suas funções. Abrindo as pastas, exibiam letras de câmbio, cartas confidenciais e outros documentos que qualificavam de "fidedignos", imprimindo uma espécie de voluptuosidade ao caráter técnico do termo.

Don Roberto, em vista de todos aqueles papéis, sentiu uma humilhação sufocada. Tinha a impressão de que aqueles quatro senhores haviam começado a desnudá-lo em público para escarnecer dele ou para lhe descobrir algum defeito horrível. A fim de se defender dessa agressão, dobrou-se sobre si mesmo, como um escaravelho; rastreou seu passado, sua vida, tentando encontrar algum ato honroso, alguma experiência estimável que respaldasse sua dignidade ameaçada. Lembrou-se de que era presidente da Associação de Pais do Centro Escolar 480, onde suas filhas estudavam. Esse fato, no entanto, que antes era motivo de orgulho, agora parecia ter se voltado contra ele. Achou que aquilo, no fundo, ocultava uma ponta de ironia. Imediatamente pensou em renunciar ao cargo. Começou a pensar o que escreveria na carta, quando seu filho saiu lá de dentro e parou no meio da loja. *Don* Roberto estremeceu,

---

* Pimenta, em espanhol. [N. T.]

pois o rapaz estava pálido e parecia irritado. Depois de olhar com desprezo para os credores, saiu para a rua sem dizer uma palavra.

— Bem — disse um deles —, acho que podemos iniciar a reunião.

— Vamos esperar cinco minutos — replicou *don* Roberto, espantado em descobrir um resto de autoridade na voz.

Uma sombra apareceu na entrada da loja. Os representantes acreditaram que se tratava de Ajito; porém, era o filho do merceeiro que voltava.

— Papai, venha cá um momento.

Don Roberto se levantou e, atravessando a loja, saiu para a rua. Seu filho o esperava a poucos passos da porta, de costas.

— O que significa isso? — perguntou, virando-se bruscamente para ele.

Don Roberto não respondeu, constrangido pelo tom do rapaz.

— O que toda essa gente faz enfiada na loja? Como você os deixou entrar?

— Mas, menino, me escute, os negócios... Você sabe...

— Eu não sei de nada! A única coisa que sei é que eu, no seu lugar, punha esses homens para correr daqui. Você não percebe que estão rindo? Não percebe que estão tirando sarro de você?

— Tirando sarro de mim? Isso nunca! — protestou *don* Roberto. — Minha dignidade...

— Dignidade coisa nenhuma! — gritou ele, fora de si. Estava do lado de um carro elegante, provavelmente de algum dos credores. — Sua dignidade! — repetiu com desprezo. — A única dignidade é esta! — acrescentou, apontando para o carro. — Quando você tiver um assim, poderá falar de dignidade! — E, tomado pela cólera, deu um pontapé numa das calotas, que ressoou como um tambor.

— Acalme-se! — ordenou *don* Roberto, tentando pegá-lo pelo braço. — Acalme-se, Beto! Tudo vai se ajeitar, eu sei, você vai ver... — e, para apaziguá-lo, acrescentou: — Você não quer um cigarro?

— Eu não quero nada — replicou ele, e começou a se afastar. Alguns passos à frente, ele parou. — Você não tem um dinheiro? — perguntou. — Quero ir ao cinema essa noite, não posso ficar aqui escutando esses imbecis...

Don Roberto pegou a carteira. O rapaz recebeu o dinheiro e, sem agradecer, foi embora todo apressado. *Don* Roberto, desanimado, o viu se afastar. De dentro da loja chegava o barulho dos credores.

Aproveitando sua ausência, eles tinham se levantado para "esticar as pernas", como disseram. Aproximando-se das prateleiras, pegavam a mercadoria e a examinavam. Fumavam, contavam piadas. Resignados à espera, tentavam tirar dela o melhor proveito possível. Pelo olfato, Arbocó descobriu, atrás de uma pilha de tinteiros, umas garrafas de pisco.

— Escondendo o ouro! — exclamou, deliciado com sua descoberta.

Quando *don* Roberto entrou, eles voltaram a seus lugares, retomando seu papel de credores. Os rostos se endureceram, as mãos pousaram solenemente nas cavas dos paletós.

— Podem começar a reunião — ordenou *don* Roberto. — O outro credor não tardará a chegar.

Fez-se um breve silêncio. O homem dos espaguetes por fim se levantou e, abrindo a pasta, começou a enumerar as dívidas. Os demais credores assentiam com a cabeça, alguns tomavam breves anotações. *Don* Roberto fazia o possível para se concentrar, para aparentar um pouco de atenção. A lembrança de seu filho, no entanto, ironizando sobre dignidade, arrancando o dinheiro de sua mão, atormentava-o. Pensou por um momento que devia tê-lo esbofeteado. Mas para quê? Ele já estava muito grande para esse tipo de castigo. Além disso, no fundo, temia estar de acordo com o que o filho dissera.

— ... terminei — disse o gordo e se sentou.

Don Roberto despertou.

— Bem, bem... — disse. — Perfeitamente. Concordo com isso. Passamos ao seguinte.

Cimento Los Andes desdobrou um longo papel.

Uma promissória de trezentos *soles*, com a data de 4 de agosto. Outra promissória de oitocentos, datada de 16 do mesmo mês...

Don Roberto se lembrou das sacas de cimento que lhe trouxeram em agosto. Recordou o entusiasmo com que iniciou a ampliação da loja. Pensava em fazer uma mercearia moderna, inclusive abrir um restaurante. Tudo, no entanto, tinha ficado pela metade. As poucas sacas que lhe restavam haviam endurecido com a umidade. A chegada de Bonifácio Salerno, para ele, foi o começo da ruína...

— ... total: dois mil e oitocentos *soles* — terminou o representante do cimento e se sentou.

Balas e chocolates Marilú se levantou, mas *don* Roberto já não escutava nada. Cada vez que vinha a sua memória a figura de Bonifácio Salerno, sentia uma fúria que o embrutecia. No mesmo mês que abriu sua loja, a poucos passos da de *don* Roberto, tinha lhe tomado toda a clientela. Bem instalada, com mais mercadorias, estabeleceu uma competência desleal. *Don* Bonifácio concedia crédito e, além de tudo, era barrigudo, tinha uma pança enorme... *Don* Roberto se aferrou a esse detalhe com uma alegria infantil, exagerando mentalmente o defeito de seu rival, até convertê-lo numa caricatura. Tratava-se, no entanto, de um subterfúgio muito fácil no qual ele sempre recaía. Fazendo um esforço, voltou à realidade. O homem das balas continuava lendo:

— ... dois quilos de chocolate, trinta e cinco *soles*...

— Chega! — exclamou *don* Roberto e, ao perceber que tinha levantado muito a voz, se desculpou. — A verdade é que essa leitura não tem fundamento — acrescentou. — Conheço perfeitamente minhas dívidas. Seria melhor passar direto ao acordo.

O homem da Arbocó protestou. Se seus colegas tinham lido, ele também tinha que fazer isso. Não era justo que o deixassem de lado!

— Meus documentos são fidedignos! — gritava, agitando a pasta.

Seus companheiros o acalmaram, convencendo-o de que renunciasse à leitura. Ele não ficou muito satisfeito. Lançando seu olhar míope às prateleiras, tentou cobrar uma revanche. Os bicos das garrafas de pisco apareciam discretamente.

— Você não poderia me servir uma dose? — insinuou. — A tarde está um pouco fria. Eu sofro dos brônquios.

Don Roberto se levantou. Em sua impaciência para liquidar o assunto, era capaz de lhes oferecer qualquer coisa. Pensava, além disso, que suas filhas poderiam chegar a qualquer momento. Alinhou quatro copos no balcão e os encheu.

Nesse momento um oriental baixinho, com um chapéu enfiado até as têmporas, deslizou na loja como uma sombra.

— Ajito — murmurou com voz imperceptível. — Eu sou Ajito.

— Chegou a tempo! — exclamou Cimento Los Andes.

— Para o brinde de honra! — acrescentou Balas Marilú. E os dois riram sonoramente. Estava claro que entre eles havia uma espécie de sociedade clandestina para fazer piadas estúpidas.

Seus espíritos formavam um elo comum. Um sempre coroava as frases do outro e os dois repartiam o lucro entre si.

— Não bebo — desculpou-se o japonês.

— Sua dose para mim — interveio Arbocó, e se serviu de um trago após o outro. Depois de estalar a língua, voltou para o seu lugar. Duas manchas vermelhas tinham aparecido em suas bochechas.

— Bom — repetiu *don* Roberto. — Insisto em que passemos direto ao acerto.

— De acordo — disseram os credores.

— De acordo! — acrescentou Arbocó, levantando-se. — Estou de acordo com isso. Mas antes acho que temos de fazer um resumo...

— Nada de resumo! Direto ao ponto! — gritaram alguns.

— O resumo é imprescindível — exclamou Arbocó. — Não se pode fazer nada sem um resumo... Vocês sabem: antes de mais nada, o método. Sejamos ordenados! Eu preparei um resumo, tomei notas...

De tanto insistir, conseguiu seu propósito e logo mergulhou numa longa exposição na qual se mesclavam arbitrariamente as histórias, os artigos do Código Civil, as considerações de ordem moral: ele tentava a todo custo demonstrar sua capacidade. Os credores começaram a conversar baixinho. Ajito se levantou para dar uma olhada na rua. *Don* Roberto pensava de novo nas filhas. Se chegassem nesse momento, como ele explicaria o sentido dessa cerimônia? Seria impossível ocultar delas a verdade das coisas. Do interior da loja se escutava tudo.

Arbocó, enquanto isso, tinha parado de falar ao ver a pouca atenção que estavam prestando em seu discurso. Decepcionado, aproximou-se do balcão e se serviu de outra dose de pisco. Os credores riam, certamente de alguma piada. Ele se sentiu ofendido, como se fosse o alvo das piadas. Por um momento, viu tudo negro e hostil. Seu fracasso como orador, sua pouca sorte com as mulheres, seu calvário de viajar de bonde envenenaram-lhe o fígado e o predispuseram à intransigência.

— Pois se se trata de abreviar, abreviemos! — exclamou. — Chega de brincadeira, mãos à obra! — e, caindo na cadeira, cruzou os braços com uma seriedade um pouco presunçosa. Ajito voltou ao seu lugar. Todos os olhares se dirigiram ao merceeiro.

Don Roberto se levantou. Sentia um leve mal-estar. Saber que sua mulher estava espiando por trás das cortinas aumentava seu nervosismo. Não ceder era seu lema. Conservar a dignidade.

— Senhores — começou. — Esta é minha proposta. Minhas dívidas remontam à soma de vinte e cinco mil *soles*. Bem, acho que se os senhores me concederem uma mora de dois meses...

Um rumor de protesto ecoou pela loja. Arbocó era o mais exaltado.

— Por que não, de uma vez por todas, o ano inteiro? — gritava. — Por que não, de uma vez por todas, o ano inteiro?

— Me deixem terminar! — exclamou *don* Roberto, dando um tapa no balcão. — Depois escutarei suas razões! Digo que se me concederem uma mora de dois meses e se reduzirem seus créditos em 30%...

— Isso não, isso não! — gritou Arbocó, e, ao ver que seus companheiros o apoiavam, se levantou, tentando tomar conta da situação. — Isso não, *don* Delmar! — continuou, mas depois suas ideias se ofuscaram, não encontrou as palavras precisas e lapidares necessárias no momento, e ficou repetindo de forma mecânica: — Isso não, *don* Delmar! Isso não, *don* Delmar!

Então o representante dos espaguetes se levantou. Sua tranquilidade contagiosa trouxe um pouco de calma ao ambiente.

— Senhores — disse. — Vejamos a coisa de modo prático. Considero que a proposta do nosso devedor é muito interessante, mas é francamente inaceitável. Na verdade, nossos créditos são muito antigos. Alguns datam de mais de um ano. Se em doze meses ele não conseguiu pagá-los, acho que em dois também será impossível.

— O senhor está se esquecendo da redução — objetou *don* Roberto.

— Exatamente sobre isso que quero falar. Reduzir nossos créditos em 30% é quase remeter-lhe suas dívidas. Acho que as empresas que representamos não aceitarão...

— Meu gerente, de maneira alguma! — interveio Arbocó. — Ele é uma pessoa muito séria!

— O meu também! — acrescentou o credor de cimento.

— Nem o meu! — terminou o das balas.

Don Roberto ficou em silêncio. Pressentia uma negativa; no entanto, não acreditou encontrar uma solidariedade tão enérgica no grupo. Os quatro homens também estavam calados, de pé, formando uma espécie de unidade indestrutível, e olhavam desafiadores, dispostos a sepultá-lo num mar de motivos e de números se ele cometesse a estupidez de insistir. Apenas Ajito continuava sentado num canto, alheio ao ritmo das paixões. *Don* Roberto olhou para ele quase com simpatia, adivinhando que havia ali um colaborador.

— E o senhor? — perguntou, dirigindo-se a ele. — O que o senhor acha?

— Eu concordo, concordo... — sussurrou.

— Concorda com quem? — gritou Arbocó, estendendo para ele seu longo pescoço.

— Concordo com o devedor.

Arbocó trovejou. Falou de deslealdade, de falta de tato, de ausência de companheirismo. Somente atacando parecia adquirir certa eloquência. Tentou agitar a opinião contra o japonês, contra todos os japoneses, contra o Oriente, enfim.

— Pode-se dizer que o dinheiro não é importante para eles — balbuciava. — Claro, esse é um assunto de pouca importância para eles. Eles formam um clã, têm cadeias de bares espalhadas por toda a capital, contam com a ajuda do governo deles!

Ajito se mantinha imperturbável. *Don* Roberto interveio.

— Agora não é o momento de discutir essas coisas. Estou disposto a escutar sua contraproposta.

Os quatro credores — de fato, excluíram Ajito — se puseram a discutir, formando um bloco cerrado. O desacordo reinava. Arbocó parecia encarnar a posição extrema. Sua voz dominava o grupo. Em alguns momentos, aproximava-se do balcão e se servia uma dose de pisco. Para maior comodidade, por fim, conservou a garrafa nas mãos.

— Sentimentalismos à parte! — gritava. — Representamos os interesses da empresa!

Don Roberto fazia o possível para aparentar indiferença. Do que se decidisse naquele momento, no entanto, dependia sua sorte. Com o olhar fixo na porta, fumava seu cigarro. De uma casa vizinha, chegava o ritmo de um mambo. Sua mulher devia estar como ele atrás da cortina, com o coração nas mãos... Seu filho, onde estaria seu filho? Por que não tinha lhe dado uns tapas? E precisava pronunciar um discurso no Centro Escolar 480! *Don* Bonifácio vendia, certamente, toneladas de espaguete... O barulho do mambo aumentava... Era uma festa, sem dúvida, uma festa na casa vizinha... Por que não se davam as mãos, ele e os credores e Bonifácio, e iam à festa para esquecer todas aquelas pequenas misérias?

— *Don* Roberto Delmar... — começou o gordo dos espaguetes —, em certa medida chegamos a um acordo.

— Dissinto! — protestou Arbocó. — Minha opinião!

— A maioria chegou a um acordo! — insistiu o gordo, levantando a voz. — Trata-se do seguinte: vamos conceder ao senhor uma mora de quinze dias e seus créditos serão reduzidos em 50%. O senhor está de acordo?

— Não! — replicou *don* Roberto. E, diante da súbita negativa, se fez um silêncio profundo. *Don* Roberto foi encompridando esse silêncio lentamente, enquanto controlava sua pulsação, enquanto preparava sua resposta. O mambo começou de novo. Pela porta, assomavam alguns curiosos. — Não posso aceitar essas condições — acrescentou por fim. — Não posso, senhores, não posso... — sua voz revelou um primeiro enfraquecimento. — Os senhores não sabem, não compreendem como as coisas aconteceram. Eu não queria dar nenhum calote. Sou um comerciante honrado. Mas nos negócios a honradez não é suficiente... por acaso os senhores conhecem meu concorrente? Ele é poderoso e gordo, ele abriu um estabelecimento a dois passos daqui e me arruinou... se não fosse por ele, eu estaria vendendo e poderia ter terminado a ampliação do meu comércio... Mas ele tem um sortimento variado e é gordo... Repito, senhores, gordo... — os credores olharam uns para os outros, inquietos. — Ele tem um grande capital e uma pança enorme. Eu não posso contra ele... Não posso me recuperar a não ser dentro de dois meses e a 30%... Os senhores vejam aqui do lado a construção parada... Se não fosse pelo Bonifácio, meu restaurante já estaria aberto e eu venderia e pagaria minhas dívidas!... Mas a concorrência é terrível e, além disso, minhas filhas vão ao colégio e eu sou presidente da Associação de Pais...

— Em uma palavra... — interrompeu Arbocó ao ver o estranho rumo que a conversa tomava — ... o senhor não consegue?

— Não consigo! — encerrou *don* Roberto.

— Não há nada mais a conversar, então. Vou informar meus diretores.

— Mas repense — interveio o homem dos espaguetes. — Nossas condições não são draconianas.

— Não posso! — repetiu *don* Roberto. — Para que vou fazer uma oferta? Dentro de quinze dias, a história vai se repetir!

— Então, não há nada a fazer — disseram em conjunto Cimento e Balas. — É a quebra!

— Sim, a quebra — confirmou Macarrões.

— A quebra! — gritou Arbocó com certo encarniçamento, como se anotasse uma vitória pessoal.

— Vamos proceder à abertura da falência.

— Sim, claro, a falência.

Don Roberto olhava de um para o outro, vendo como a palavra pulava de boca em boca, repetia-se, combinava-se com outras, crescia, disparava como um foguete, confundia-se com as notas da música...

— Pois bem, a falência! — disse por sua vez, e apoiou os cotovelos com força no balcão, como querendo cravá-los na madeira.

Os credores se olharam entre si. Essa súbita resignação a que eles consideravam sua mais forte ameaça os desconcertou. Arbocó tartamudeou algo. Os outros fizeram comentários velados. Todos esperavam que o merceeiro desse um novo rumo a sua decisão. Como não se atreviam a perguntar nem a se mexer ou ir embora, *don* Roberto interveio.

— A reunião acabou, senhores — ele disse e, cruzando os braços, ficou olhando fixo para o teto.

Os credores pegaram as pastas, jogaram suas bitucas no chão, cumprimentaram com um gesto e atravessaram um a um a entrada da loja. Ajito, antes de sair, tirou o chapéu.

Don Roberto apertou fortemente as têmporas e ficou com a cabeça enterrada entre as mãos. A música tinha parado. O barulho de um automóvel que arrancava rompeu por um momento o silêncio. Depois tudo ficou calmo. A ideia de que havia conservado a dignidade começou a lhe parecer verossímil, começou a preenchê-lo de uma rara embriaguez. Tinha a impressão de que ganhara a batalha, que havia posto seus adversários para correr. O espetáculo das cadeiras vazias, das bitucas de cigarro, das doses tomadas lhe produzia uma espécie de frenesi vitorioso. Sentiu por um momento o desejo de ir para os fundos e abraçar emocionado sua mulher, mas se conteve. Não, sua mulher não compreenderia o significado, o matiz de sua vitória. Ali das prateleiras, além disso, as mercadorias cobertas de pó se obstinavam em guardar uma surda reserva. *Don* Roberto as repassou com o olhar e sentiu uma espécie de perturbação. Essa mercadoria já não lhe pertencia, era dos "outros", tinha sido deixada ali expressamente para estragar seu deleite, para confundir seu espírito. Dentro de poucos dias, seria retirada e a loja ficaria vazia. Dentro de poucos dias, o embargo se tornaria efetivo e o negócio seria fechado.

Don Roberto se levantou, nervoso, e acendeu um cigarro. Quis reviver em seu espírito a sensação de vitória, mas foi impossível. Deu-se conta de que desfigurava a realidade, que forçava suas próprias razões. Sua mulher, nesse momento, apareceu por trás da cortina, estranhamente pálida.

Don Roberto não resistiu ao seu olhar e voltou a cara para a parede. Um vidro de balas lhe devolveu sua imagem num ângulo distorcido.

— Você não sabe! — exclamou, mas não conseguiu dizer mais nada.

Sua mulher deu de ombros e voltou para dentro.

Don Roberto observou sua imagem no vidro, pequenina e retorcida. "A falência!", sussurrou, e a palavra adquiriu para ele todo o seu trágico sentido. Nunca uma palavra lhe pareceu tão real, tão atrozmente tangível. Era a falência do negócio, a falência do lar, a falência da consciência, a falência da dignidade. Talvez fosse a falência de sua própria natureza humana. Don Roberto teve a penosa impressão de estar partido em pedaços e pensou que seria necessário procurar-se e recolher-se por todos os cantos.

Com um pontapé, derrubou uma cadeira e depois pegou o cachecol. Apagando a luz da loja, aproximou-se da porta. Sua mulher, que pressentiu que ele fosse sair, apareceu pela terceira vez.

— Aonde você vai, Roberto? A comida já vai ficar pronta.

— Bah, aonde eu poderia ir? Vou dar uma volta! — e atravessou a entrada da loja.

Quando chegou à rua, vacilou por um momento. Não sabia exatamente por que havia saído, para onde queria ir. A poucos metros, viam-se as luzes vermelhas da loja de Bonifácio Salerno. *Don* Roberto virou a cara, como se esquivando de um encontro desagradável e, mudando de rumo, começou a caminhar. Algumas garotas passaram rindo, e ele se grudou à parede. Ficou com medo de que fossem suas filhas, que lhe perguntassem algo, que quisessem beijá-lo. Acelerando o passo, chegou à esquina, na qual um grupo de vizinhos conversavam. Ao vê-lo passar, dirigiram-se a ele.

— *Don* Roberto, o senhor não vai à procissão?

Ele respondeu com um gesto e seguiu seu caminho. Pouco depois, voltou atrás. Tratava-se da procissão do Senhor dos Milagres. Esse acontecimento, que antes ele achava tão significativo, agora lhe parecia completamente inexpressivo e até irrisório. Pensou que as calamidades tinham um limite além do qual nem o próprio Deus podia intervir. Uma sensação estranha de ter ficado insensível, de ter transformado a pele em cortiça, de ter se convertido num objeto, o apunhalava. O fato de que estava quebrado contribuía para fortalecer essa ideia. Era horrível, pensava, que se aplicassem às pessoas palavras que haviam nascido para nomear os objetos. Era possível quebrar um vaso, era possível quebrar uma cadeira, mas não era possível quebrar uma pessoa humana, assim, por um simples desejo. E aqueles quatro senhores tinham-no quebrado delicadamente, com suas reverências e suas ameaças.

Ao chegar a um bar, deteve-se irresoluto, mas logo retomou sua marcha. Não, não queria beber. Não queria conversar com o dono do bar nem com ninguém. No momento, talvez a única companhia suportável fosse a de seu filho. Quase com prazer tinha visto desenvolver-se nele suas mesmas sobrancelhas pretas e seu orgulho... mas não. Era absurdo. Ele também não poderia compreendê-lo. Era necessário evitar seu encontro. Era necessário evitar o encontro de todos: o daquelas pessoas que passavam e olhavam para ele, e o daquelas outras que nem sequer se davam ao trabalho de fazê-lo.

Tinha escurecido. Um cheiro de maresia preenchia o ar. *Don* Roberto pensou no cais. Ali ele ficaria bem. Ali havia um parapeito ondulante, uma fileira de faróis amarelos, um mar escuro que quebrava incessantemente no sopé do barranco. Era um lugar agradável em que mal chegavam os rumores da cidade, em que mal se pressentia a hostilidade dos homens. No cais, grandes resoluções podiam ser tomadas. Ali ele recordava ter beijado pela primeira vez sua mulher, havia tanto tempo. Naquele limite preciso entre a terra e a água, entre a luz e as trevas, entre a cidade e a natureza, era possível ganhar tudo ou perder tudo... Sua marcha se tornou acelerada. As lojas, as pessoas, as árvores passavam fugazmente ao seu lado, como incitando-o a estender a mão e se aferrar. Um cheiro de sal feriu suas narinas.

No entanto, ainda faltava muito...

Paris, 1954

Este livro foi composto em Fairfield LT Std no papel Pólen Soft para a Editora Moinhos enquanto Tim Maia adoçava o mundo com *Eu amo você*.

*

Pela primeira vez em 2021, o Brasil registrava a menor média móvel de mortes relacionadas à Covid.